ぼくと母さんのキャラバン

柏葉幸子

泉 雅史 絵

講談社

ぼくと母さんのキャラバン

もくじ

八巻《やまき》市地図
稲荷町商店街
市立病院
公園
団地
矢板橋
24
お地蔵様
戸隠神社
トモの家

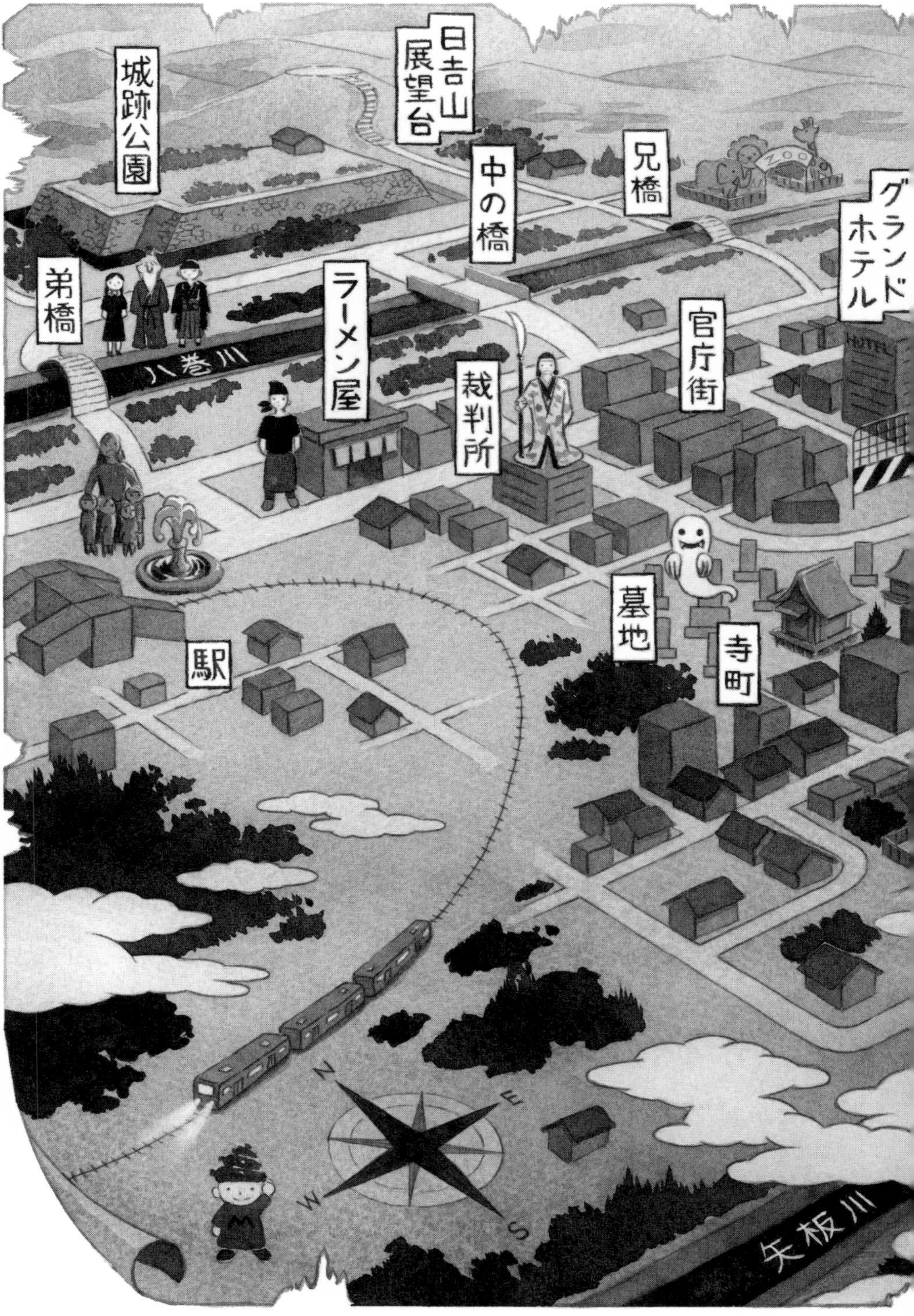

日吉山展望台
城跡公園
中の橋
兄橋
ZOO
グランドホテル
HOTEL
弟橋
ラーメン屋
八巻川
裁判所
官庁街
墓地
寺町
駅
N
E
S
W
矢板川

1 母さんが変《か》わった？

母さんがこのごろ変《へん》だ。どこがっていえない。でも変だ。

一か月前ぐらいかな。肩《かた》まであった髪《かみ》をベリーショートとかってすごく短い髪型《かみがた》にした。

「これから暑くなるし、気分も変《か》えたくて。でもこれじゃ、後ろからみたらトモと見わけがつかないか」

ってわらってた。

僕《ぼく》は上杉智則《うえすぎとものり》。両親からも友だちからもトモってよばれてる。小学五年生にしては大きいほうだ。僕は母さんと同じぐらいの背丈《せたけ》になった。

髪を短くした母さんは花柄《はながら》のブラウスとか長いスカートとかを着なくなった。ジーンズにT《ティー》シャツみたいなのばっかり着ている。そのほうが髪型に合うんだって。

外見は変《か》わった。そして見た目が変わった母さんは、よく出歩くようになった気がする。自分で出不精《でぶしょう》だっていうんだけど、母さんは家にいるのが好《す》きで、パートも学習塾《がくしゅうじゅく》のテストの採点《さいてん》を家でしている。採点の赤ペンをにぎっていなけりゃ庭にいる。ガーデニング好きなんだ。買い物にだってあまりでかけない。日曜に父さんと車で行って買いだめしてくる。友だちもそういない。ママ友とランチ、とかにもでかけたことがない。

「大事な友だちがいれば、それでいい」

っていう。人づきあいが苦手なのかな。

僕《ぼく》は、母さんは家にいるもんだとおもって大きくなった。


この前、友だちの翔《しょう》のおじいちゃんが市立病院へ入院した。着替《きが》えをとどけに行くから、いっしょに行ってくれとたのまれた。翔が迎《むか》えにくるのを待ってたらめんどうになった。雨ふりだったし市立病院へ歩いていくのは遠い。ことわろうかなっていったら、

「雨がふってるからって、翔君のたのみをことわるの⁉ 翔君、一人で行くのが心細いからトモをさそったのよ。大事な友だちが困《こま》ってるのに平気でことわるなんて、そんな薄情《はくじょう》な子だとおもわなかったわ」

って、母さんにしかられた。

母さんのいうとおりだ。僕《ぼく》はちょっと恥《は》ずかしかったし、翔にことわらないでよかったって
おもった。でも、そういう母さんに、大事な友だちがいるの？　って反論《はんろん》したくなる僕もい
た。母さんの大事な友だちって、僕はみたことないんだ。

「気をつけていってらっしゃい」

って、僕らを玄関《げんかん》で見送ってくれたはずの母さんが、市立病院の前にいた。たしかに母さんだ
とおもった。母さんの赤いチェックの傘《かさ》だ。

「あ、トモんちのおばさん」

翔も、タクシー乗り場のあたりを指さした。

「母さん！」

って声をかけたけど、タクシーがうごいて姿《すがた》がかくれた。

その後、母さんはいなかった。

「トモんちのおばさんだったよな」

翔も首をかしげてた。

家へ帰ってから、母さんに市立病院に行った？　ってきいたら、家にいたっていう。見まち

がいだったっておもった。あんな傘《かさ》、どこにでもある。

父さんも、

「母さん、昼ごろ、城跡公園《しろあとこうえん》にいたか？」

って、きいたことがある。

「え、ああ。うん」

母さんは、しまったって顔になった。母さんは困《こま》ったぞ！　っていうとき、チロッと舌《した》をだす。

「仕事であのあたりまで行ったんだ。お、母さんだって声をかけようとしたら、すぐみえなくなったから」

「うん。お堀《ほり》のハスがそろそろ咲《さ》くかなぁって行ったんだけど、まだだった」

「めずらしいなぁ」

出不精《でぶしょう》の母さんが城跡公園まで行ったのかと、父さんは目を丸くした。城跡公園は、僕《ぼく》んちからこの街《まち》をつっきった反対側《はんたいがわ》にある。駅までバスで行って乗《の》り換《か》える。三年生のときに遠足で行った。案外《あんがい》遠い。

三日前だ。テレビをみながら夕《ゆう》ご飯《はん》を食べてた。

「今日十一時ごろ、八巻《やまき》大通りでぼやさわぎがあり、昼前の大通りは交通渋滞《こうつうじゅうたい》になりました」

テレビにみたことのある商店街《しょうてんがい》がうつった。大通り商店街からアーケードのある商店街へ行く入り口あたりだ。黒い煙《けむり》がもくもく流れて、携帯電話《けいたいでんわ》で写真をとっているひとや、口を手でおさえているひとたちがうつった。その中に母さんがいた。

「あ、母さん！」

僕《ぼく》が指さすと、

「やだ。うつってたのね」

母さんはあの、しまったって顔をした。

「買い物にいったんだけど、あのさわぎでなにも買えなかったわ」

母さんは肩《かた》をすくめた。

「母さんが大通りまで行くなんてめずらしいな」

父さんは、ふーんってうなずいた。

「たまにはね」

母さんは、通販《つうはん》のほうが楽だわなんていってた。

そして昨日《きのう》、先生たちの研修会《けんしゅうかい》だった。学校は午前中で終わり。いつもなら昼《ひる》ご飯《はん》を食べてから翔や悟《さとる》と遊ぶのに、二人とも都合が悪かった。

「ちぇ、つまんない」

僕《ぼく》はムッとして家へ帰った。近所の公園へ行けば誰《だれ》かいるはずだけど、いつもの仲間《なかま》じゃないとつまらない。僕は誰とでも仲良《なかよ》くなんてできない。僕は少し人見知りだ。そんなとこ、母さんに似《に》てるかもしれない。

「ただいま」

って帰ったのに、母さんの『おかえり』がない。

庭かなってベランダから庭をのぞいた。母さんはいない。このごろ庭の手入れをしてないなぁっておもった。

家じゅうさがしたけどいない。いくら母さんでもでかける用ぐらいあるよな。それにこのごろはよくでかけるみたいだ。だから、携帯電話《けいたいでんわ》を買ってくれっていってんだ。書き置《かお》きも、昼ご飯の用意もない。

カップラーメンを食べて、居間《いま》でゲームを始めた。

翔からかりたロールプレイングゲームがおもしろくて、気がついたら三時をすぎてた。母さん、どこへ行ったのかな？　携帯《けいたい》に連絡《れんらく》したほうがいいかなっておもったときに、中ボスがでてきた。それでまた、母さんのことなんてわすれてしまった。おやつを食べながらやっつけようとたちあがった。トイレへ行って、台所でおやつをさがした。戸棚《とだな》の下の引き出しからポテチの袋《ふくろ》をつかんでたちあがったら、母さんがいた。

僕《ぼく》もおどろいたけど、母さんもおどろいた。

ぬっとたちあがった僕をみた母さんの顔がこわかった。あんな母さんの顔をみたのは初《はじ》めてだ。目がちがう。こいつ！　っていうか、僕を知らないやつみたいにみて、すっと腰《こし》が落ちた。右腕《みぎうで》がさっとあがる。僕をなぎはらおうとした。絶対《ぜったい》にだ。僕はギョッとしたままうごけなかった。母さんの腕をよけようと後ずさることもできない。

「や、やだ。トモ、帰ってたの。びっくりした。ああ、今日、午前授業《じゅぎょう》だったんだ」

母さんの腕はおりてたし、目もいつもにもどってた。いちおう、かわいい一人息子《ひとりむすこ》をみる目。

「僕のほうがびっくりした。おかえり。どこか行ってた？　変《へん》だな。玄関《げんかん》のドアの音しなかったよ」

玄関どころか居間《いま》のドアの開く音もしなかった。母さんは突然《とつぜん》あらわれたみたいだった。

「ちょっと用があったんだ。ゲームに夢中《むちゅう》できこえなかったんでしょ」

母さんは、冷蔵庫《れいぞうこ》から麦茶をとりだしている。

僕《ぼく》はそそくさとゲームにもどった。中ボスまできたんだ。なんとか、今日中にやっつけたい。

「いつまでゲームしてんの！」

母さんがいつどなるかなぁってびくびくしてるのに、母さんは麦茶のコップをかかえてソファの僕のとなりにすわりこんだ。僕のポテチの袋《ふくろ》へ横から手をつっこんで、ばりばりかみくだくだけだ。

中ボスと戦《たたか》いながら、そういえば、母さん、このごろ口うるさくないっておもった。

「宿題やったの？」

「さっさとねなさい」

「にんじんとしいたけ、残《のこ》ってる」

「お風呂《ふろ》入ってしまって」

がない。うるさくなくていいんだけど、僕のことなんてどうでもいいみたいだ。

ご飯《はん》もつくってくれるし、掃除《そうじ》も洗濯《せんたく》もしてくれるけど、今みたいにどこかぼんやりしている。大好《だいす》きなサスペンスドラマもみないで十時にはねてしまう。ガーデニングがしたくて新興《しんこう》住宅地《じゅうたくち》のこんなはずれの家を買ったのに、夏にむかう庭は草がのびたままだ。父さんは通勤《つうきん》に不便《ふべん》だって、この家を買うのは反対だったって後できいた。母さんがおしきったんだ。母さんは案外《あんがい》、がんこなのかもしれない。

そんなこと考えていても、

「やった！」

僕《ぼく》は中ボスをたおした。それをぼんやりみていた母さんは、フンと鼻をならしてたちあがった。フンってなんだよ。中ボスぐらいでよろこんじゃって！　っていいたいのかな？

ばかにされたみたいだ。

「今晩《こんばん》は、なに食べようかな」

だって。僕はおもしろくなかった。

「母さん、このごろ、変《へん》じゃない？」

夕ご飯の後、母さんが洗《あら》い物《もの》をしている間に父さんにこっそりきいた。

「トモもそうおもうか？　なんかぼんやりしてるっていうか、心ここにあらずっていうかな」

父さんも声をひそめた。

「どうかしたのかって、きいてみたら？」

僕《ぼく》はダイニングテーブルのいすから居間《いま》へうつった。僕にはきけない。てれくさいっていうか恥《は》ずかしいっていうか。こわいのかもしれない。

僕は離婚《りこん》の危機《きき》ってやつなのかって疑《うたが》っていた。翔の両親は去年離婚した。翔のお父さんが浮気《うわき》したんだ。僕んちは、母さん？　まさか！　母さんは中年太りしかけた平凡《へいぼん》なおばさんだ。翔のお母さんのほうが若《わか》いし、アイドルのミサリンに似《に》てる。

「このごろ、ぼんやりしてるみたいだけど、心配ごとでもあるのか？」

お茶をいれてる母さんに父さんがきいた。

僕はきこえないふりでテレビをみていた。

「そりゃ、いつも心配ごとはあるわよ」

母さんは、きょとんとした顔をした。特別変《とくべつか》わりはないのだといいたいらしい。

「なんだか、このごろ、ぼんやりしてるっていうか――」

「ぼんやりしているのは、いつものことでしょ」

母さんはわらいとばした。

母さんは鍋《なべ》を火にかけててわすれたり、洗濯《せんたく》したのに干《ほ》すのをわすれたり、干したのにとりこむのをわすれたり、そんなことはしょっちゅうだ。でも、そんなぼんやりとは、どこかちがうような気がするんだ。

「更年期《こうねんき》か？」

「失礼《しつれい》ね。まだそんな年じゃありません」

母さんは怒《おこ》ってみせた。

「ならいいんだ」

父さんは、それで納得《なっとく》したらしい。

僕《ぼく》は、そうか、体調が悪いってこともあるんだと心配になった。本人が気がつかないだけかもしれない。さっきだってポテチの半分《はんぶん》以上《いじょう》は母さんが食べた。糖尿病《とうにょうびょう》とか？　ぼんやりしているのは認知症《にんちしょう》とか？　後でまた父さんに相談しようとおもった。


母さんの体調を心配してたのに、今日、僕の耳のほうがおかしくなった。

夕方、二階の自分の部屋で宿題をしてたら、

「ゆみえ殿《どの》、ゆみえ殿！」

さけぶ声がした。

母さんの名前は、ゆみえだ。母さんをよんでる。でも、殿《どの》って――。時代劇《じだいげき》みたいだ。それに、一大事《いちだいじ》って感じでよんでる。母さんがなにか答える声もする。なにかあったんだろうか？大変《たいへん》なことが起きたみたいだ。僕《ぼく》は階段《かいだん》をおりた。声は居間《いま》からきこえた。

「母さん、どうしたの？」

居間をのぞいたら、母さんはソファでお茶を飲んでた。居間には誰《だれ》もいない。

「どうかした？」

って逆《ぎゃく》にきく。

「誰かきてた？　お客さん？」

「ううん。誰もきてない」

「声がしたから。よんでたよ、ゆみえ殿って」

「誰が私《わたし》のことを殿《どの》ってよぶわけ？」

母さんはわらいだす。僕もそうだよなぁ、普通《ふつう》、殿ってよばないよなぁっておもった。

「トモの聞きまちがい」

「そうか」

納得《なっとく》できなかったけど、誰《だれ》もいない。テレビもついていない。このごろ、見まちがいや聞きまちがいが多い。僕《ぼく》のほうがどこか悪いんだろうか？

2　母さんがいない！

夕《ゆう》ご飯《はん》を食べはじめたころから雨になった。父さんは出張《しゅっちょう》で、帰ってくるのは明日《あした》だ。母さんと二人だけの夕食はどこかさびしい。天井《てんじょう》の灯《あか》りも薄暗《うすぐら》いようにみえる。いつかの残《のこ》りのカレーを解凍《かいとう》して夕食をすませた母さんは、そそくさとたちあがった。父さんのいう心ここにあらずって感じ。

僕《ぼく》がお風呂《ふろ》からあがってきたら、台所も居間《いま》も真っ暗だ。

母さんはもう、ねてしまったらしい。

灯りをつけようかなっておもったけど、廊下《ろうか》の灯りで冷蔵庫《れいぞうこ》から牛乳《ぎゅうにゅう》ぐらいとりだせる。僕は牛乳パックをつかんだ。

僕の肩《かた》を誰《だれ》かがたたいた。母さんだとおもった。そりゃそうだろ。家にいるのは母さんと僕だけだもの。

「コップで飲むって」

母さんは、僕《ぼく》が牛乳《ぎゅうにゅう》パックに口をつけて飲むっていつも怒《おこ》る。

「ゆみえ殿《どの》ではござらんのか？」

すぐ後ろで声がする。男のひとの声。

あわててふりむいたら母さんじゃない。冷蔵庫《れいぞうこ》の灯《あか》りにてらされた大きな動物が目の前にいる。

「ヒィ」

悲鳴がでた、というか勝手に声がもれた。

ネズミ？　母さんより大きいネズミがいるはずがない。でも、巨大《きょだい》なネズミみたいなやつが後ろ足でたってる。

「てっきり、ゆみえ殿かと――」

あげくにしゃべる。大きな前歯が二本つきだした口で、まちがった、失敗《しっぱい》したって後悔《こうかい》しているのがわかるようにしゃべる。

僕は後ずさって、開けっぱなしの冷蔵庫に背中《せなか》をくっつけた。

「母さん、母さん！」

ってさけんだつもりだった。でも、声はうわずってかすれている。おしっこをちびりそうだ。

「ご子息殿《どの》でございましたか。ゆみえ殿は、どちらにいらっしゃいまするかな？」

まちがったけどしかたがないって、ひらきなおったのがわかった。

母さんはどこだって？

母さんの居場所《いばしょ》を知るほうが大事なんだっていいたいんだってわかった。

ネズミは大きなギラギラひかる目で、あたりを見まわす。この声だ。夕方、『ゆみえ殿』ってよんでた。

僕《ぼく》の頭の中で、
なんだこいつ！

ネズミのお化け？

どうしてしゃべってんだ？

どうして僕んちにいんの？

って、？マークが何個《なんこ》もぐるぐるまわってる。本当のことかよ？　ってこともその中にある。

ピーピー。

開けっぱなしの冷蔵庫《れいぞうこ》がなりだした。

その音で、僕《ぼく》は少し正気《しょうき》にもどった。

冷蔵庫の冷気で背中《せなか》が冷《つめ》たい。

冷蔵庫がなってる。

目の前にネズミのお化けがいる。ってわかったというか、あきらめたというか、とにかく、いるってわかった。

「食料庫《しょくりょうこ》がさわいでおりまするぞ」

ネズミのお化けは、僕の後ろにあごをしゃくった。

僕は前をむいたまま、後ろ手で冷蔵庫の扉《とびら》をしめた。冷蔵庫の灯《あか》りがなくなったら、ネズミの目がギラギラしなくなったけど、でもこわい。

「母さーん」

さっきより大きな声がでた。

母さんたちの寝室《しんしつ》は居間《いま》のとなりだ。僕の声がきこえないはずがない。なのに返事はない。

「ゆみえ殿《どの》はいらっしゃいませぬのか?」

ネズミのひげが心配げにひくひくうごく。

母さんがいないはずない。夜の十時だ。

僕《ぼく》は、はなれてっていうねがいをこめて両手のひらをつきだした。そして、そろそろとうごきだした。ネズミは、わかったというように僕から後ずさった。


僕は居間《いま》から母さんたちの部屋をのぞいた。ネズミは僕の三十センチ後ろにぴったりくっついて僕の頭ごしにのぞきこむ。母さんはいない。ベッドにねた様子もない。いつも持って歩くバッグはある。財布《さいふ》だってその中だ。携帯電話《けいたいでんわ》は充電中《じゅうでんちゅう》だ。

「トイレかな?」

どこへ行ったんだろう?

「母さん、母さん」

ってよびながらトイレものぞく。風呂場《ふろば》も二階の部屋も、家じゅうさがした。ネズミは三十センチ後をついてくる。

玄関《げんかん》に母さんの靴《くつ》も長靴も傘《かさ》もある。外へでてガレージものぞいた。車もある。雨はいきおいをましている。母さんはいない。

こんな雨の夜に、どこへ行ったんだろ? 僕はネズミの化け物がでたことより、母さんがいないことでパニックになった。

「母さん、どうしたんだろう？」

不安《ふあん》だった。だって夜中に母さんがいない。だまっていなくなるなんて初《はじ》めてだ。というより夜に一人で家にいるのは初めてだ。母さんはいつも、僕《ぼく》のことを第一に考えてくれているとおもう。僕は大事にされているとおもう。そのかわいい一人息子《ひとりむすこ》を残《のこ》して姿《すがた》を消した。あげくにネズミのお化けがいるんだ。涙《なみだ》がでた。

「ゆみえ殿《どの》のご子息ともあろうものが泣《な》きまするか！　それも玄関先《げんかんさき》で」

ネズミが情《なさ》けないっていうようにチッと舌《した》をならした。

泣いてたんだけどムッとした。

「さっきから、なれなれしくゆみえ殿って、おまえ、なんだよ！」

母さんのこと知ってるのかって、ネズミをにらんだ。

「ゆみえ殿は、どこかへおでかけではございませぬのですな」

ネズミがたしかめるように僕にきく。

「わかんない。でも、どこかへ行ったんだ。いないもの」

母さんがどこへ行くっていうんだ。大事な一人息子をおいて、どこかへ行くはずないじゃないか。でも、いない。

「こちらにいらっしゃらないのですな。あ、しまった！」

考えこむように腕《うで》ぐみをしていたネズミが、はっと目をあげた。そして玄関《げんかん》から家の中へかけこむ。ぺたぺたはだしの足音をさせて居間《いま》へとびこんでいく。

ネズミは母さんの行く先を知っている。

「しまったってどういうことだよ。母さんがどこにいるか知ってんだな」

僕《ぼく》はネズミの後を追った。


居間の電話が目に入った。父さんに、母さんがいないって連絡《れんらく》したほうがいいかなっておもった。母さんのかわりにネズミのお化けがでたっていったら信《しん》じてくれるだろうか。

僕は受話器《じゅわき》にのばした手を止めていた。

ネズミが居間の西側《にしがわ》の窓《まど》へ手をかけてたんだ。その窓は去年おとなりに家が建《た》って、その家の壁《かべ》しかみえなくなった。だから、その前に背《せ》の低《ひく》いカップボードがおいてあって、カーテンをいつもしめてる。窓から外へでるなら、庭へむかう南側の窓だ。

ばかなやつっておもった。あれっ、西側の窓のカーテンが開いてるって気がついた。その暗い窓《まど》をネズミが開けたんだ。

そこから薄暗《うすぐら》い居間《いま》に光がとびこんできた。夜なのに、雨なのに。

僕《ぼく》は父さんに電話することもわすれて、あんぐり口を開けてたちすくんでいた。

ネズミはカップボードの上にたちあがろうとしている。

カップボードの上に、写真たてや人形がごたごたおいてあったはずだ。それが、きれいになくなっている。いつからないんだろう。気がつかなかった。

居間には光といっしょに暖《あたた》かい空気も流れこんでくる。夜なのに、雨なのに。窓のむこうに木がみえた。その上の青い空だってみえる。

「前殿《まえどの》。ゆみえ殿はいらっしゃいましたか?」

むこうから女のひとの声がした。きいたことがない声だけど、あわてているというか心配そうにきこえた。このネズミが前殿というのだろうか。殿ってネズミだぞ。聞きまちがったんだとおもった。

「おられん。こっちの世界へもどったわけではなさそうだ」

「どういたしましょう?　時間がございません」

女のひとの声は悲鳴みたいだった。

「もう一度さがしてみろ」

ネズミはえらそうに命令《めいれい》している。

僕《ぼく》は、ネズミは母さんの居場所《いばしょ》に心当たりがあるんだっておもった。ネズミは窓《まど》からとびおりようとしている。僕はネズミのしっぽをつかんでいた。

「ご子息殿《どの》、はなしてくだされ！」

ネズミがふりむく。

「母さんをどこかへやったんだな。母さんをかえせ！」

「猶予《ゆうよ》がございませぬ。帰らねば！」

ネズミは僕の手からしっぽをむりやり引きぬくと、カップボードから窓のむこうへとびおりた。

ネズミの体はみえなくなったけど、僕の目の前でしっぽがまだむちみたいにしなってる。僕はそのしっぽにとびついていた。

僕の体はしっぽに引きずられてカップボードにぶちあたった。中の食器《しょっき》がガチャガチャいうのがわかった。おなかや腕《うで》が痛《いた》かったけど、僕はしっぽにすがりついていた。母さんの居場所がわかるかもしれないんだ。

3 前殿《まえどの》の世界

僕《ぼく》は窓《まど》の外へころがり落ちた。そう痛《いた》いわけじゃない。僕の体の下にやわらかいものがあった。

「ご子息殿《どの》。おりてくだされ！」

僕の体の下でネズミがどなった。僕はネズミの背中《せなか》に乗っかっていた。

僕はあわててネズミの背中からおりた。スリッパはどこかへ行ってしまった。はだしがやわらかい草をふんでいる。

目の前に森があった。居間《いま》からみえた木だ。森がとぎれた草原に僕とネズミがいた。草原はなだらかに森から下へむかっていく。そのむこうにきらきら光るものがある。川か湖だ。そして僕とネズミのすぐ後ろに、窓わくだけが宙《ちゅう》にういていた。僕んちの居間の西側《にしがわ》の窓だ。窓わくが額縁《がくぶち》みたいだ。窓《まど》わくの中に暗い僕《ぼく》んちの居間《いま》が絵のようにみえる。家はみえないのに。

あっけにとられていた僕の体は持ちあげられていた。

「な、なにすんだ！　はなせ！」

ネズミが僕をかかえて窓へおしあげようとしている。

「お帰りくだされ」

「はなせって！　母さん、どこへやったんだ。母さんかえせ！」

僕はじたばたあばれながらさけんでいた。こいつは、母さんの居場所《いばしょ》を知ってるんだ。

「前殿《まえどの》！」

さっきの女のひとの声だ。ネズミは僕をかかえたままふりかえった。

森の木の間から女のひとがとびだしてきた。黒いワンピースを着ている。長いスカートを両手でたくしあげて走ってくる。人間だ！　ほっとしたのに、その女のひとの後を走ってくる黒いものがいた。どっどっと地響《じひび》きをたてて後ろ足で走ってくるのはクマだ。黒い毛で首のあたりだけ白い。動物園でみたことがある。月の輪熊《つきのわぐま》だ。クマは、女のひととならんだ。女のひとより大きいけど、ネズミと同じぐらいの大きさだなぁ。とおもったとき、女のひとを追いこしたクマが前へつんのめった。坂になった草原をクマはごろんごろんころがってくる。こんな風《ふう》景《けい》を絵本でみた。僕《ぼく》はあんぐり口を開けていた。

「月殿《つきどの》！」

ネズミが僕をほうりだして、体当たりするみたいにしてころがってくるクマを止めた。ネズミがクマを止めたんだぞ。

「前殿。すまんすまん。助かりましたぞ。このまま下までころがり落ちるところでしたわい」

「おけがはございませんか」

女のひとがクマの体についた草をはらってやっている。

人間とクマとネズミが同じぐらいの大きさだ。僕はよほどおどろいた顔をしていたらしい。

「クマをみるのは初《はじ》めてですかな」

クマは僕の前にかがみこんで、おもしろそうに僕をみた。

僕にかまっているのはクマだけだ。

「屋敷《やしき》をさがしましたが、どこにもいらっしゃいません」

女のひとがネズミに首をふっている。

「さて、どこへいらしたのだ。時間がもうあるまい」

ネズミが困《こま》った顔になったのがわかった。大きな目がきょときょとうごいている。

母さんのことだ。母さんがこのおかしなところにいるはずだった？　でも、こっちにもいないっていってる。

「安全な出入り口をまださがしていらしたから、どこかでお帰りになれなくなったやもしれん」

ネズミがうなる。

安全ってなにが？　出入り口ってどこの？　帰ってこられなくなったってどういうことだ？

ネズミのいってることはさっぱりわからない。

「ゆみえ殿《どの》がいらっしゃらなければ、出発できません」

女のひとは森をふりかえった。


「母さんをどこへやったんだ！　母さん、かえせ！」

僕《ぼく》はどなっていた。

僕の前にいた月殿とよばれたクマが、ネズミに、これは誰《だれ》だ？　というようにふりかえった。

「ゆみえ殿のご子息殿でございます。ゆみえ殿のお家《うち》へお迎《むか》えにまいったのですが、いらっしゃらなくて。かわりにご子息殿《どの》がついてこられて、今、お帰りねがおうとしていたところでした」

ネズミはまた、僕《ぼく》をかかえようと手というか前足をのばす。

「母さん、どこへやったんだ！」

僕はその手から後ずさった。

ネズミと月殿と女のひとは、困《こま》ったようにまゆをよせた。

「ゆみえ殿は、おられんということか」

月殿がうーっとうなった。

「とにかく、ご子息殿にはお帰りねがおう」

ネズミがまた僕ににじりよる。

「母さん、かえせ！」

そうさけびながら、

女のひとが召《め》し使《つか》いみたいだ。

クマとネズミのほうがえらそうだ。

変《へん》なところだ、っておもった。

でも、こいつらは母さんのことを知ってるんだ。

「ゆみえ殿《どの》のかわりをご子息殿におねがいしたらどうだ！」

月殿がぽんと手を打った。

「月殿、ご子息殿は幼《おさな》くていらっしゃる」

ネズミは僕《ぼく》をみて首をふる。

「そうだろうか？　われらがゆみえ殿と初《はじ》めてお目にかかったおり、ゆみえ殿はもっと幼くていらしたではないか」

月殿は、こいつはもうずいぶん大きい、とでもいうように腕《うで》ぐみして僕をみる。

「柄《がら》は大きいかもしれんが、ご子息殿はゆみえ殿とはちがいまする。軟弱《なんじゃく》というか臆病《おくびょう》というか」

ネズミは、こんなやつ、とんでもないというように首をふる。

本人を目の前にしていうことかよって、僕は目をむいた。さっき僕が泣《な》いたからだ。だって、夜に母さんが突然《とつぜん》いなくなって、かわりにネズミのお化けがいんだぞ。普通《ふつう》、泣くぞ。母さんはこんなネズミに出会って泣かなかったんだろうか？　僕は、ゆみえ殿とちがって軟弱だっていってる。母さんは強かったってこと？　庭いじりが好《す》きなくせに、アブラムシがでたって家に逃《に》げこんでくる母さんなのに。

とにかく、こいつらは母さんの知り合いらしいってわかった。それも母さんが子どものころからの知り合いだ。

「母さんのこと知ってんだ？　母さん、どこへやったんだ？」

ネズミは僕《ぼく》のことが気にいらないのはわかってたから、月殿《どの》にきいた。

「ゆみえ殿とは、ゆみえ殿が幼《おさな》いころからの友でございまする。このたび、キャラバンを引いてくださるようおねがいをしておりました。ゆみえ殿の世界のものでなければ難《むずか》しいルートなので」

月殿がうんと大きくうなずく。

「ゆみえ殿は何度もルートをたしかめていらした。その途中《とちゅう》でなにかあったやもしれん」

ネズミがひげをぴくつかせる。

「ルートってなに？　キャラバンってなに？　ゆみえ殿の世界って、ここ、僕の世界じゃないってこと？　えー、この世界ってなに？」

僕は自分でいったことにパニックになった。僕はちがう世界にきている。動物が後ろ足で歩いてしゃべって、クマとネズミが同じ大きさの世界。

「こんな世界にいたくはありますまい」

ネズミがまた僕《ぼく》をかかえあげた。

「はなせ！　おろせ！」

油断《ゆだん》した！　僕は手足をふりまわした。

「前殿《どの》、ここはご子息殿におねがいするしかあるまい。途中《とちゅう》でゆみえ殿がみつかるやもしれん」

月殿が、窓《まど》へ僕をおしあげようとするネズミを止める。このネズミは前殿っていうんだって
やっとおもえた。クマはすぐ月殿なんだってわかった。月《つき》の輪熊《わぐま》だからだ。なのに、ネズミと
前殿がどうしてもむすびつかなかった。なんで前殿？　前歯の前かな。

「ご子息殿に荷は重かろう」

前殿は、絶対無理《ぜったいむり》だと首をふる。

「今からゆみえ殿のかわりをさがす余裕《よゆう》などない」

月殿がいうと、女のひとが、

「そろそろ出発せねば時間がありません。夜明け前にはとどけていただかないと――。みてま

いります」

と、また森へかけだしていく。

「母さん、かえせ！」

僕《ぼく》はまだ、じたばたとあばれていた。

「前殿《どの》、ご子息殿におねがいいたそう」

「この泣《な》き虫《むし》の軟弱者《なんじゃくもの》に！」

前殿は、しょうがないというように僕から手をはなす。

地面にたった僕の前に月殿がしゃがみこんだ。

「ご子息殿。ゆみえ殿のかわりにキャラバンを引いてくだされ。途中《とちゅう》でゆみえ殿がみつかるやもしれませぬ。こちらの世界は、われらが責任《せきにん》を持っておさがしいたしまする」

「母さん、本当にみつかる？」

僕はまた泣きたくなったけど、こらえた。ネズミの前殿の前では泣くもんか。

「ご子息殿の世界はご子息殿が、こちらの世界はわれらがおさがしいたしまする」

それがいちばんいいというように月殿が僕をみて、前殿をみる。前殿も、しかたがないというように、もうなにもいわない。

「キャラバンって、砂漠《さばく》のラクダのこと？」

テレビでみたやつかな？

「荷を積《つ》んだラクダでございまする。今晩《こんばん》はどうしても、ご子息殿《どの》の世界をとおさねばなりませぬ」

「どうしてさ？」

「時間がござりませぬ。歩きながらお話しいたしまする」

月殿はもう決まったことのように、森へむかって歩きだす。

僕《ぼく》がそのキャラバンを引くことで母さんがみつかるかもしれないってことは、わかった。

森へむかって歩きながら、

「ご子息殿やゆみえ殿のいらっしゃる世界とわれらの世界は、こういう形といいますか」

月殿が太い腕《うで》を宙《ちゅう》でクロスさせた。

「重なってるの？」

「はい。一部分が上下で重なりあっております。わしの腕でいえば手首のあたりということですかな」

月殿《どの》が手首を重ねてみせる。

「われらのような世界のほかに、まだちがう世界もあるのでしょうな」

動物が後ろ足で歩いている世界のほかにってことだ。どんな世界があるのか僕《ぼく》には見当《けんとう》もつかない。

「その重なったところがここ何日かまじりあっておりまする」

「いつもは重なっているだけで、はなれてるの?」

「はい。ところがまじりあうことは、たまにございましてな。今回ゆみえ殿におねがいしに行ったおり、ゆみえ殿は三十年ぶりだとおっしゃってました。われらには三年ぶりでございます。時の進み方がちがっておりまする。われらの世界とゆみえ殿の街《まち》がまじりあいますと、われらの世界が分断《ぶんだん》されてしまいまする」

「八巻市《やまきし》でってこと?」

「はい。いつもならまじりあった危険《きけん》な道はとおりませんのです。もとにもどるのを待ちまする。でも、どうしても分断されたむこう側《がわ》へとどけたい荷物があることがありましてな。ご子息殿の世界じゃとて、そんなときはございますでしょう。土砂崩《どしゃくず》れで道路がつかえないとしますぞ。それでも、むこう側に住むひとたちになんとかして食べ物や飲み物や薬をとどけようとなさるでしょう」

僕《ぼく》は、うんとうなずいた。災害《さいがい》があったとき、そんなふうに孤立《こりつ》した町にヘリコプターが食《しょく》料《りょう》をはこんでいた。

「そんなとき、われらはキャラバンを組みまする。そして、そちらの世界のどなたかにキャラバンを引いて助けていただきまする。そちらの世界の誰《だれ》かがいてくださらないと、八巻の街をわれらだけではとおれませんのじゃ」

「それで、三十年前のとき、母さんにたのんだの？」

「はい。出入り口が開いて、そこへ偶然《ぐうぜん》まよいこんだゆみえ殿《どの》と知り合いました。ゆみえ殿は幼《おさな》くていらしたのに、たったお一人で、立派《りっぱ》に無事《ぶじ》キャラバンをとどけてくださったのです。本当に勇敢《ゆうかん》でいらした」

月殿の声は感激《かんげき》したようにうわずった。それで今回もたのんだということらしい。母さんは頼《たよ》りにされている。あの母さんが、こんなネズミやクマと平気でつきあってたなんて信《しん》じられない。月殿たちがいう母さんは、別人《べつじん》みたいだ。

「ゆみえ殿。どこにおいでなのだ！」

前殿も悲痛《ひつう》な声をあげる。

こっちの世界はわれらがさがすっていった月殿を信じていいんだっておもえた。母さんはたいせつにおもわれてる。

森へ入ったせいか、はだしの足が痛《いた》い。草もごわついているし、木の枝《えだ》が落ちていたりする。

「僕《ぼく》にできるかな？」

「できまする。ご子息殿《どの》はご自分の街《まち》を歩くだけですじゃ」

月殿はそういいながら、僕をだきあげて肩車《かたぐるま》してくれる。僕が足が痛いってわかってくれた。肩車なんて何年ぶりだろう。のっしのっしと歩くクマの肩の上で、僕まで強くなったみたいだ。

でも、となりを歩く前殿は、絶対無理《ぜったいむり》だっていうように僕をみてため息だ。

「街を歩けばいいの？　危険《きけん》だっていったよね？」

「われらにとってということですじゃ」

月殿が安心しろというのに、

「いや、なにがあるかわかりませんぞ。ゆみえ殿は、今回のルートは難《むずか》しいとおっしゃって、安全なルートをさがしていらっしゃったのです」

と前殿《どの》が口をだす。『ああ、ゆみえ殿！』といった口調だ。いやなやつだけど、母さんのことを心配しているのは本当だっておもえた。

森の中は薄暗《うすぐら》い。どこかでギャーと鳥がないた。

「鳥は話さないの？」

なんの鳥だろう。気味の悪いなき声だ。

「そ、そうですなぁ。鳥は話しませんな。まあ、まれに、本当にまれに話す鳥がいることもありますかな」

月殿の体が緊張《きんちょう》したようだった。肩《かた》がこわばった。言葉をえらぶように慎重《しんちょう》に話している？

鳥のことは、いいたくないのかな。

「ご、ご子息殿――」

前殿がなにかいいかけるのを、

「われらの世界はご子息殿には、とても不思議《ふしぎ》なのでござろうなぁ。なぁ、前殿」

と、月殿が大きな声でさえぎった。

「そ、そうでございましょうな」

前殿はそういっただけだった。

4 キャラバン、出発！

薄暗《うすぐら》い森に日がさしこみはじめた。森をぬけるらしい。

「ゆみえ殿《どの》は戸隠神社《とがくしじんじゃ》の出入り口がいちばん安全だとおっしゃってました。そして夜のほうがよかろうとも。神社から団地《だんち》の中をとおってアーケードの商店街《しょうてんがい》、城跡《しろあと》公園から日吉山《ひよりやま》というルートだと決めていらした。日吉山にも、われらの世界へ通じる入り口が開きもうす。そこへキャラバンを夜明け前にはとどけていただきたいのです」

月殿《つき》がうなずく。

僕《ぼく》もあとうなずいていた。

母さんをみかけたあたりだ。団地のそばに市立病院がある。アーケードの商店街は大通り商店街のそばだ。それに城跡公園だ。母さんは、ルートを何度もたしかめていたんだ。

そこは母さんらしい。自分がぼんやりだっておもっているから、母さんはうごきだす前によく調べる。旅行へ行くときも、この電車に乗れなかったら次は何時があるとか時刻表《じこくひょう》と首っぴきだ。いきあたりばったりでいいなんて絶対《ぜったい》いわない。それでも電車に乗《の》り遅《おく》れたりするんだから、どうしようもないって父さんもあきらめてる。

「ご子息殿《どの》は、このルートをごぞんじか?」

月殿がうれしそうに僕《ぼく》をみあげた。

「戸隠神社は行ったことないけど、あとは街《まち》の中だから」

僕がだいたいわかるとうなずいた。

「戸隠神社にはちがう世界への扉《とびら》が、たくさんかくしてあるのだそうでございまする。あそこの扉がいちばん大きいからキャラバンをとおすのはあそこがいい、とゆみえ殿がおっしゃってました」

前殿《まえ》がうなずいたとき、森をぬけた。

目の前に庭があった。山の斜面《しゃめん》につくられた庭だ。山の中ほどからでてきたらしい。その下のほうに黒い屋根の大きな建物《たてもの》がみえた。みえるのは屋根だけだ。

庭はイングリッシュガーデンっていうやつだってわかった。母さんがめざしている庭。手入れがされているんだけど、されていないような自然《しぜん》な感じにみえる庭だっていってた。優《やさ》しい色の花ばかりが咲《さ》いてた。そして、花のしげみの間の道にラクダがいた。それも十頭。フタコブラクダがたて一列にならんでいる。どれも、荷物のかごやつぼを背中《せなか》にくくりつけていた。

「ゆみえ殿《どの》のキャラバンでございます」

月殿がうやうやしく腕《うで》をあげると、自分たちのことをいわれたとわかったみたいに、ラクダたちがいっせいにブフォフォーンっていないないた。

こんなキャラバンをあの母さんが引いたのかって信《しん》じられない。

「ラクダはしゃべんないんだ」

「われらのように後ろ足でたてる動物以外《いがい》は話しませんぞ。ご子息殿の世界にもラクダはおりまするが、話しませんでしょう。ご子息殿の世界では、クマもネズミも話はしませんな。われらとは似《に》ておりません。ラクダたちは似ております。話せない動物なら異世界《いせかい》での移動《いどう》は楽ですのじゃ」

前殿が、話のできるわれらがキャラバンを引くことはできないと難《むずか》しい顔でいう。そして話のできないラクダをひきいることができるのかと、僕《ぼく》をうかがうようにみた。

「いや、ラクダとて、いってることはわかりまする。命令《めいれい》しさえすれば、ご子息殿《どの》のいうとおり、うごきますぞ」

月殿が、そうおどかすようなことばかりいうなと前殿をにらんだ。

月殿はラクダのならぶ道をよけて、ちがう道から先頭のラクダの前にでた。庭についている道はせまい。ラクダのたづなをにぎったベストを着た男のひとが、うやうやしく月殿にたづなをわたして道からはなれていく。ここでは話す動物たちがえらそうにみえる。

下からさっきの黒いワンピースの女のひとがかけあがってきた。

「ゆみえ殿の布《ぬの》はございませんでした。こちらでいかがでしょう」

と、かかえていた布や靴《くつ》を僕《ぼく》にさしだす。

「やはり、ゆみえ殿は布をかぶっておでかけになっていますな」

前殿は、うーんとうなっている。

僕はわたされたブーツをはいた。茶色のブーツは編み上《あ》げ《あ》だったので少し大きめでも、はけた。女のひとは僕に頭から白い布をかぶせて、鉢巻《はちま》きのようなひもで留《と》めてくれる。アラビアのひとみたいになった。

「これをかぶっていれば、ご子息殿の世界の人間にご子息殿はみえなくなりもうす。声もきこえませんぞ。じゃが、ゆみえ殿《どの》がこの布《ぬの》をかぶっていらっしゃれば、ご子息殿のことがみえまする。声もきこえまする」

月殿がそういってる間に、女のひとが僕《ぼく》の腰《こし》に細長い皮の袋《ふくろ》がぶらさがったベルトもまきつけた。

母さんが布をかぶっていったと前殿がうなっていた。布をかぶって行方《ゆくえ》不明《ふめい》になっている。母さんは僕の世界でみえない存在《そんざい》になってるっていうことだろうか？　母さんは八巻市《やまきし》のどこかにいるっていうことだろうか？

月殿が袋の中からむちとまるめた紙をとりだした。紙じゃない。薄《うす》いベージュ色の皮みたいだ。

「むちは必要《ひつよう》ないとはおもいまするが、あれば安心ですしな。これがゆみえ殿がお決めになったルートでございまする」

画用紙ほどの大きさの皮に地図が書いてあった。のぞきこんだだけで、僕の街《まち》、八巻市だってわかった。

八巻市は川が二本平行して流れてるんだ。川と川の真ん中が昔からの八巻の街だ。僕んちは、南を流れる矢板川《やいたがわ》のもっと南だ。めざすゴールは北を流れる八巻川《やまきがわ》をわたって城跡公園に

ある日吉山だ。日吉山に「展望台《てんぼうだい》」と母さんの字で書いてあった。

「ゆみえ殿《どの》が決めたルートでございまする」

月殿が大きなするどい爪《つめ》で、地図にある赤い線をたどる。

僕《ぼく》んちとは反対側《はんたいがわ》にある戸隠神社から矢板橋《やいたばし》をわたって、街《まち》の中心をとおって城跡公園へ行く。

「遠回りだ」

とおもった。母さんのルートは大きく左にずれてる。もっと近い道がある。八巻川をわたる橋は何個《なんこ》もある。城跡公園のそばの橋は三つだ。東の兄橋《あにばし》と西の弟橋《おとうとばし》で双子橋《ふたごばし》とよばれる木橋は有名だ。母さんのルートは双子橋の真ん中にある中《なか》の橋《はし》をとおる。この橋はコンクリートの大きな橋だからだろうか。でもこの地図でみたら東にある兄橋をとおったほうが近い。

「われらの世界との出入り口は、ゆみえ殿やご子息殿の世界のいろいろなところに何個も開いておりまする。今回は日吉山の入り口に入っていただきたい。ゆみえ殿は、いろいろなルートをお調べになっていらっしゃいました。最初《さいしょ》から動物園はさけるとおっしゃっておいでした」

前殿が、兄橋のそばにある動物園を指さす。

「三十年前、ゆみえ殿《どの》は動物園のそばをとおったそうでございまする。人間にはみえないはずなのですが、夜中なのに動物園からでてきたラクダの飼育員《しいくいん》さんにみつかって大さわぎになりかけたとおっしゃってました」

前殿が首をうなずかせる。

「みえるひともいるんだ。母さん、どうしたんだろう?」

僕《ぼく》は、こんなキャラバンを引いて——と、ラクダたちをふりかえった。

「お仕事がらラクダの気配に敏感《びんかん》だったのでございましょうね。でも、ゆみえ殿も後でお知りになったことだったのですが、ちょうどそのとき、動物園で飼育していたラクダが亡《な》くなったばかりだったそうでございます。それもあってか飼育員さんにはラクダがみえたのでございましょう。『月子《つきこ》、月子なのか?』と、一頭のラクダにかけよっていらしたそうでございます。『もっと、はやく気づいてやれなくてすまん。まだ生きられたのに』とお泣《な》きになったとか。ゆみえ殿はとっさに、『砂漠《さばく》につれて帰ります』とおっしゃった。飼育員さんは、そうか、お別《わか》れにきてくれたのかとお泣きになりながら見送ってくださったそうで。『走って逃《に》げたかったのをがまんしたの』と、ゆみえ殿はおっしゃいました。飼育員さんはラクダの幽霊《ゆうれい》に会ったとおもいになったのでしょうなぁ。なんという機転《きてん》! その落ち着き! ほればれいたしますなぁ。ご子息殿《どの》にそんなことができましょうか。この軟弱者《なんじゃくもの》に」

前殿は感激《かんげき》したように目をうるませて、また僕《ぼく》じゃ無理《むり》だと肩《かた》を落とす。

そんなに感激するほどのことだろうか？　僕だって『砂漠《さばく》に帰る』ぐらいのことはいえる。とおもう。その飼育員《しいくいん》さんが、幽霊《ゆうれい》に会ったっておもいたいときだったから偶然《ぐうぜん》うまくいっただけじゃないか、と目をうるませる前殿をみた。とにかく、前殿にとって、母さんは勇者《ゆうしゃ》なんだってわかった。

「まあ、たまにそんな人間もおりまする」

月殿は、たいしたことではないと首をふった。僕をこわがらせまいとしている。

「こっそりとおるってことだ」

「はい。ご子息殿の世界では、われらは異世界《いせかい》のものでございまする。だからむこうの世界のご子息殿にキャラバンを引いていただきたいのです」

月殿は、僕がいれば大丈夫《だいじょうぶ》なんだとうなずく。前殿は心配げにひげをぴくつかせたままだ。

月殿は、僕にキャラバンを引かせたい。前殿は、やめたほうがいいっておもってる。二人の考えがちがうのはわかった。どっちを信《しん》じていいかわからない。でも、母さんをさがさなきゃ。

それに、前殿にばかにされたままはくやしい。ネズミに泣《な》き虫《むし》の軟弱者《なんじゃくもの》っていわれたんだぞ！

月殿《どの》が、地図をまるめようとする。僕《ぼく》は丸印《まるじるし》があるのに気がついた。

「これどういうこと？」

アーケードをぬけて、少し行った右側《みぎがわ》のところだ。なにがあったろう。商店街《しょうてんがい》はこのあたりで終わってたような気がする。

「ゆみえ殿は水を飲ませたいとおっしゃってましたが」

前殿が、えっと、と首をかしげる。

ラクダにってことだ。川も池もない。街《まち》のど真ん中だ。

「きれいなところだっておっしゃってたような？」

「あ、わかった。ホテルの前庭だ」

八巻市一大きなホテルだ。僕《ぼく》は中に入ったことはないけど前庭に人工の滝《たき》がある。夜は滝が照明《しょうめい》にてらされてきれいだ。あそこなら、ラクダ十頭でも十分水が飲める。

「おお。さすがご子息殿。ゆみえ殿のかわりは安心しておねがいできもうす。そろそろ、出発していただきましょうか」

おおげさに僕をほめた月殿がラクダをふりむく。いつのまにか後ろ足でたったウサギが先頭のラクダのそばにいた。

後ろ足でたつウサギは、やはり月殿《どの》たちのように大きい。荷物のかごに、なにかいってい
た？　僕《ぼく》がふりむいたら、ウサギは、はっとしたようにラクダからはなれた。月殿が、しっ、
というように小さく手をふったのがみえた。どけといったようだった。前殿は困《こま》ったようにウ
サギをみている。ウサギは、両手をにぎって、真剣《しんけん》な赤い目で月殿、前殿、僕をみる。心配そ
うだ。

「ラクダの荷物ってなに？」

なんとなく気になった。食料《しょくりょう》や飲み水や薬なのだとおもっていたが、ウサギは荷物に話しか
けていたようにみえた。

「え、あ、いろいろでございまするぞ」

月殿が口ごもる。鳥のことをきいたときみたいだ。

前殿が、僕を困ったようにみつめた。荷物の中身をいいたくないのか。どうして？

「食料が多ございまする。長殿《ながどの》、おみせしたらどうだ」

月殿がウサギにあごをしゃくる。月殿は、普通《ふつう》のものだといいたいようだ。

長殿とよばれたウサギは、緊張《きんちょう》した様子でぎくしゃくと長い耳をかしげてみせた。こんにち

はっていうことかなっておもう。この長い耳だから長殿《どの》なのかなぁ。長殿は、そばにいたラクダにつけたかごから緑の葉っぱをつかんで僕《ぼく》にみせる。ほうれん草みたいだった。

「野菜《やさい》とか」

長殿は女のひとの声だ。

「そろそろむこう側《がわ》に食べ物がなくなるころですのじゃ。分断《ぶんだん》されたむこう側に畑はございませんでな」

月殿がうなずく。前殿は、そんな月殿をにらむようにみた。そして長殿となにやら目くばせをして、はあとため息をつく。前殿はなにかいいたそうに僕をみる。まだ、母さんのかわりなんかつとまらないっていいたいのかって、ムッとした。僕はキャラバンを引くんだって決心していた。母さんをさがすんだ。

「大丈夫《だいじょうぶ》！　ご子息殿は、立派《りっぱ》にキャラバンを引いてくださる」

月殿が、心配げなウサギやネズミにいったのか、自分にいいきかせたのかわからないけど、大きくうなずいた。

月殿が先頭のラクダに、

「お乗せしろ！」

と命令《めいれい》すると、そのラクダはぎっこんばったんというように前足からおって、道にはらばいになった。

僕《ぼく》はラクダのこぶの間にまたがってたづなをにぎった。ラクダはこんどは後ろ足から起きあがる。つんのめって前へころげ落ちそうだ。ひっ、とでそうな声をこらえた。つぎは前足が持ちあがる。こんどは後ろへひっくりかえりそうになる。でも、平気な顔はできた。こんなに見栄《みえ》っ張《ぱ》りだったなんて、自分でもおどろいた。前殿《どの》の前で、情《なさ》けないところはみせたくなかった。

ラクダはゆらゆらと歩く。両《りょう》わきに花が咲《さ》く細い道を少しのぼると、いい香《かお》りがただよってきた。ライラックだ。薄紫《うすむらさき》の花をつけたライラックのしげみがみえた。みえたとおもったら、そこが四角に切りとられたように黒い闇《やみ》があらわれた。これが出入り口ってやつらしい。かくしてある戸ってことだ。

「ご子息殿、お気をつけて」

月殿が頭をさげた。

「母さんのことさがして！」

「承知《しょうち》！」

前殿《どの》がすぐさま答えてくれた。

「夜明け前までに。ご無事《ぶじ》で！」

長殿がさけんでいた。

ご無事でって、おおげさじゃないかっておもった。

5　矢板橋《やいたばし》の橋守《はしもり》

僕《ぼく》の乗ったラクダは四角な闇《やみ》の中へ入った。空気がちがった。ひんやりとして雨がふってい
る。夜だ。僕の世界へ帰ってきたんだ。ふりむいても闇だ。もう月殿《つきどの》たちの世界はみえない。
でも闇の中からラクダたちがつづいてくる。

ジャリ、ジャリってラクダの足音がする。目がやっと闇になれた。左手奥《おく》にお社《やしろ》がある。僕たちはお社のわきの木立《こだち》の間からでてきたんだ。乗るときは大変《たいへん》だったけど、ラクダの乗りごこちは、そう悪くない。どこかの牧場《ぼくじょう》で一度馬に乗ったことがある。そんな感じだ。

ラクダは敷石《しきいし》をしいた参道《さんどう》へでた。まっすぐ鳥居《とりい》へむかう。

ラクダに乗ってる。キャラバンを引いてる。これ、本当のことだろうか？　まだ少しぼんやりしていた。

鳥居《とりい》の下に石段《いしだん》と僕《ぼく》の街《まち》の灯《あか》りが遠くにみえた。

八巻市《やまきし》に帰ってきたんだ。知らない世界なんかじゃない。少し安心した。

ラクダは石段をそろそろとおりる。ラクダのひづめと石段の幅《はば》が同じぐらいだ。たづなをにぎっても、どうしたらいいのかわからない。僕の手のひらが汗《あせ》でぬるぬるするだけだ。ラクダって雨にぬれても平気なのかなって心配になった。砂漠《さばく》の動物だ。晴れていたほうがいいんじゃないだろうか。そんなことを考えているうちに、僕の乗った先頭のラクダは石段をおりてた。

道はまっすぐつづく。両側《りょうがわ》は畑や田んぼだ。家がぽつん、ぽつんと建《た》ってるだけだ。灯りがついている家もみえる。でも道路にひとはいない。母さんもいない。

「母さーん、どっかにいる?」

ちょっとまよったけど僕はさけんでみた。僕の声に答える声はない。ほんとうにまわりにはきこえないのかな。でも、布《ぬの》をかぶっていれば僕の声はきこえるはずだ。月殿《どの》がそういってた。母さんは布をかぶってでたんだ。母さんには僕の声はきこえるはずだ。返事はなかった。

少し行くと道も広くなって道の両側に家がたちならぶようになった。あたりが一気に明るくなる。門灯《もんとう》や家の灯りが近いせいだ。テレビの音や話し声もきこえる。

一軒《けん》の家から犬がほえながらとびだしてきた。

「ヒィ！」

突然《とつぜん》だったので、悲鳴がもれた。ビクリととびあがったからラクダから落っこちそうだ。なんとか目の前のこぶにしがみついた。おどろいたのは僕《ぼく》だけでラクダは平気な顔で歩きつづける。

そう大きな犬じゃない。それに鎖《くさり》につながれている。でも、歯をむかれるとこわい。前殿《まえどの》がいなくてよかった。弱虫ってばかにされる。母さんがラクダの飼育員《しいくいん》さんにみつかっても落ち着いていたと前殿がほめていた。鎖につながれた犬にでさえ、みつかると、こんなにどっきりする。やっぱり母さんは勇者《ゆうしゃ》なのかもしれないって、少しおもった。

あまりほえられると家のひとがでてくるんじゃないかって心配になる。でも、その犬は、ラクダをみあげると、クイーンってないた。しっぽをおしりにかくして、すごすごと犬小屋へ入っていく。

月殿は、僕たちは人間にはみえないっていったけど、動物にはみえる。気配を感じるんだってわかった。あの犬はなにかの気配を感じてとびだしてきたものの、ラクダを初《はじ》めてみておびえたんだ。そりゃおびえるよなって同情《どうじょう》した。僕が前殿をみたようなもんだもの。

また家がまばらになった。一つの集落をぬけたらしい。このあたりには僕《ぼく》はきたことがない。でも、川の音で矢板川《やいたがわ》にでたとわかる。母さんの地図をおもいだした。矢板橋《やいたばし》をわたるんだ。

橋がみえてきた。コンクリートのどこにでもある橋だ。車二車線分のそう大きい橋ではない。

橋のわきの草むらから、なにかがとびだしてきた。また犬？　それよりは大きい。子どもみたいだ。雨がふっているのに傘《かさ》もさしていない。こんな夜更《よふ》けに子どもがたった一人でなにしてるんだろ？　その子は橋の前で両手をひろげて僕の前にたちふさがった。とおせんぼしている？　まっすぐに僕のほうをにらむ。キャラバンがみえてるんだ。

「もどれ！」

坊主頭《ぼうずあたま》の男の子だ。短い着物を着て大きな目で僕をにらむ。昔話にでてくる子みたいだ。僕よりは小さい。一年生ぐらいだ。犬だけじゃない。僕がみえる子がいるじゃないか。月殿《どの》ったらいいかげんだなぁって顔をしかめていた。

「止まれ！」

僕《ぼく》は、こうするのかなって、たづなを引いて声をかけた。ラクダはブフォってないて、たちどまる。後ろにつづいていたラクダたちをふりかえると、やはり止まっている。すごい！　僕のいうとおりになるんだって、うれしかった。

「帰れ！　この橋、とおすわけにはいかねぇ」

目の前の男の子は、僕を見あげて坊主頭《ぼうずあたま》をぶんぶんふりまわしている。

「どうしてさ？」

ラクダがいうことをきいたので、僕は気分がよかった。こんなちびのいうことなんかきくかよっておもった。

「どうしてって、おめぇら、異世界《いせかい》からきたくせにずうずうしいやつだなぁ。おいらが怒《おこ》んないうちにもどれ！」

男の子はシッシッと手をふる。

ちびのくせに、すごくえらそうだ。ラクダをみてもおどろきもしない。

「怒んないうちにって――」

僕は、こんなちびが怒ってどうなるんだって、わらいかけた。

「ばかにした！」

男の子がどなったとたん、むきむきっていうかめきめきっていうか音をたてて、男の子がどんどん大きくなっていく。

声もでない。僕《ぼく》はラクダの上でのけぞっていた。

「これでもとおるかぁ！」

男の子の姿《すがた》のまま巨大化《きょだいか》した。なのに声は、かん高いさっきの声のままだ。でも足なんて太い柱みたいだ。橋をわたれるはずがない。

なんだ？　こいつ、お化けか？　月殿《どの》や前殿の世界をみて、おどろくことになれたつもりだったけど、自分の世界へもどってもこんなのをみるのかって、僕は大きくなった男の子をあんぐり口を開けて見あげていた。逃《に》げようなんて考える余裕《よゆう》もない。ただただおどろいてた。

巨大化した男の子とおどろいてうごけなくなってる僕の目が初《はじ》めて合った。小さかった男の子からは、ラクダの上の僕はきちんとみえていなかったらしい。

「おめぇ、人間か？」

巨大化した男の子のまゆが、あれっていうようによる。

うんってうなずいてた。正直なところ声なんてでなかった。

「こいつらの仲間《なかま》か？」

大きくなった首をかしげる。巨大化《きょだいか》しても、そんなしぐさをするとかわいい。僕《ぼく》はまたうなずいた。今は僕のキャラバンだ。

「だまってとおるな。おいら、ふみつぶすとこだったぞぉ」

風船の空気がぬけるみたいにしゅるしゅる音をたてて小さくなっていく。あっというまに、さっきの大きさにもどってしまう。まるで、特撮映画《とくさつえいが》をみているみたいだ。僕の口は開いたまだ。

もとの大きさにもどった男の子は、わらぞうりをはいた足でひたひたと僕のラクダのそばにやってきて、僕を見あげる。

「おめぇ、こんなのつれてるくせに、なにも知らねぇんだな」

あきれたようにチィって舌《した》をならす。

今になってこわかったとふるえるようだけど、なにも知らないってうなずくことはできた。

「ただ、街《まち》を歩けばいいっていわれただけだし――」

やっと声がでた。

「歩くって、どこまで行くんだ?」

「日吉山《ひよりやま》の展望台《てんぼうだい》」

「ふーん。兄橋《あにばし》をとおるのか」

「ううん。中《なか》の橋《はし》」

「どうしてだ？　遠回りだぞ」

男の子は首をかしげた。この街《まち》のことをよく知っている。

「母さんが決めたルートなんだ」

口にだすと、母さんどこにいんだろうって泣《な》きそうになる。こんなちびの前で泣くもんかって歯をくいしばった。

「母ちゃん、どこ？」

男の子はキャラバンへ目をやる。

どこへ行ったかわからないって、いいたくなかった。

「あー、おめぇ、母ちゃんとはぐれたんだな。母ちゃん、さがしてんのか？」

男の子が、かわいそうになぁという目で僕《ぼく》をみた。こんなちびに同情《どうじょう》されてたまるかって、また歯をくいしばった。

「ふーん。そりゃ難儀《なんぎ》なこったな。なにも知らないみたいだなぁ。この街にだって、いろいろいんだぞ。幽霊《ゆうれい》だっていたりする。ここから中の橋へ行くんなら病院の前とおるよな。幽霊に会わないように気をつけろ。ありゃ、やっかいだぞ」

男の子は小さく何度もうなずいている。

人間にはみえなくとも、動物や不思議《ふしぎ》なものたちには、僕《ぼく》のキャラバンはみえるってことだ。幽霊《ゆうれい》にみつかるとやっかいだっていってる。幽霊にはみえるんだ。幽霊って本当にいるのかよっておもう。それに、このちびは何者だ？　人間じゃない。でも幽霊でもないらしい。

「とおしてやろうかなぁ。母ちゃんさがしてんだもんな」

僕は、素直《すなお》にうなずいた。この街《まち》には僕のキャラバンがみえる不思議なものたちがいるらしい。ウサギの長殿《ながどの》の「ご無事《ぶじ》で」の意味がわかった。なにが、ただ歩けばいいだけ、だ。こわいことがあるみたいだ。母さんが、台所で僕をなぎはらおうとしたことをおもいだす。きっとこの世界の入り口や出口をさがして気をはってたんだ。みたことのないこわい目だった。あんな目になる必要《ひつよう》があるってことだ。意地をはってるばあいじゃない。

「八巻川《やまきがわ》をわたらないと日吉山へは行けねぇぞ。どこの橋にも橋守《はしもり》は、いんだ。橋守どころか八巻川には川守《かわもり》までいんだぞ。おめぇ、行けっかぁ」

男の子は、僕を心配げにみる。僕はとにかく行くしかないんだ。またうなずいた。

「橋守《はしもり》っていうんだ」

どこの橋にも、こんなのがいるってことだ。

「そうともいうってこった。ほかの世界からこの街《まち》に入りこもうとするやつらを、追いはらうのもおいらの役目だ」

男の子は胸《むね》をはった。

「この街の人間がいっしょで、きちんとたのまれればわたしてやることもあんだ。でも、たまに、人間にとりついてその人間をあやつって、こそこそわたろうとするやつもいる。そんなのは、ふみつぶす！」

男の子は右足をどんとふみならした。今の足はかわいいけど、巨大化《きょだいか》したときは、うちのダイニングのテーブルほどもあったた。ふみつぶされなくてよかったと、ぶるっと身ぶるいがでた。

「おめぇはただの礼儀《れいぎ》知《し》らずってこった」

男の子は、ニッとわらった。わらうとかわいい。

「とおっていい？」

「ああ。だから、とおしてくださいって、たのめって」

めんどうくさいやつだなっておもったけど、

「とおしてください」

って頭をさげた。

「うん。行け！　母ちゃんに会えるといいな」

「ありがとう」

僕《ぼく》が安心したのがわかったみたいに、ラクダがうごきだす。

「気ぃつけていけ。橋の前にきたら名前とどこへ行きたいか、いって、ていねいにたのむんだぞ。ラクダからはおりてだぞ。あ、おめぇ、名前なんていうんだ？」

「上杉智則《うえすぎとものり》」

ふりむくと男の子は手をふっている。

「智則だな。たしかにきいた。母ちゃんに会えたか後で話しにこい！」

手をふりかえして前をむく。そして、後で話しにこいってどこへ行けばいいんだとまたふりむいたら、男の子の姿《すがた》はもうみえなくなっていた。

6　アーケード商店街《しょうてんがい》の主《ぬし》

矢板橋《やいたばし》をわたると住宅街《じゅうたくがい》に入る。車がとおる車道はあぶない。僕《ぼく》は歩道にラクダをすすめた。雨水をはねちらかして車がとおるけど、僕たちには気づかない。コンビニがあってひとが二人でてきた。傘《かさ》をさしているせいか、足早にラクダのそばをとおりすぎていく。ぶつからなきゃいいとふりむいたら、ラクダのほうがひとをよけた。でも、もう一人の足がラクダの足にひっかかった。そのひとはベチャッと音をたててころんだ。

「雨ですべっちゃった」

女のひとだ。やれやれとたちあがった。ラクダの足につまずいたとはおもっていない。月殿《つきどの》がいったように、人間にはみえないんだと安心した。でも、ラクダはいるからぶつかることもあるわけだ。気をつけなきゃっておもう。

母さんがいるかなって目をこらすけど、母さんらしいひとはいない。

母さんのルートはこのあたりから団地《だんち》へ入る。僕《ぼく》は信号《しんごう》で止まった。このまままっすぐ行ってもいいけど、この道は交通量《こうつうりょう》が多い。信号もたくさんある。団地の中をつっきったほうが安全なのはわかった。

信号が青になってもわたれるのは三頭だ。僕は、わたりおえたラクダたちに、

「ここで待て」

と命令《めいれい》して、信号を四回かけて十頭のラクダたちをわたしおえた。先のラクダたちはおとなしく待ってた。

団地の中は巨大《きょだい》なドミノの間を行くみたいだ。西出口というところをめざす。

「母さーん。トモだよ。どこにいんの?」

よびながらすすむ。たまに車やひとがそばをとおった。誰《だれ》も僕たちをみもしなかった。

キャラバンはゆっくりと、でも確実《かくじつ》に団地の中をとおりぬけようとしていた。

団地の中にある公園のそばをとおりかかった。

「うわぁ!」

って声がした。でも母さんの声じゃない。

みられてるってわかった。声は公園からだ。

「みて、みて、すごーい」

「なに？　あれ、なに？」

ちがう二つの声もする。

公園には誰《だれ》もいない。雨がふっているけど、外灯《がいとう》が公園をてらしている。ジャングルジムにブランコにすべり台。そしてなんてよぶんだろう。大きなバネにゾウとウサギとパンダの手足をのばした人形がついてて、人形の背中《せなか》にすわってバネにゆられて遊ぶ遊具があった。

「誰？」

僕《ぼく》はきいた。

「えー、ぼくたちの声、きこえるの？」

バネの上からゾウがぴょんととびおりた。ウサギもパンダもとびおりて、僕のほうへかけてくる。車止めの前に三匹《びき》がならんだ。プラスチックみたいな体なのに、手足がうごいているし顔の表情《ひょうじょう》もわかる。

「これなに？」

「私《わたし》、知ってる。ラクダよ。えりちゃんの絵本でみたことある」

「おれたちのことみえる？」

三匹《びき》は目をきらきらさせて、ラクダや僕《ぼく》をみる。

「みえるよ。うごけるんだ！」

僕のほうがおどろいた。ラクダは、止まってくれる。

「手足あるし、口あるもん。いろんなもの、うごくんだよ」

「人間が気づかないだけだよ。おれたちのことみえたひと、初《はじ》めてだ」

「兄ちゃん、もしかして幽霊《ゆうれい》？」

三匹はぎょっとしたように後ずさる。

「幽霊じゃないよ。人間だよ。僕みたいに君たちがみえる女のひと、いなかった？」

三匹はいなかったと首をふる。

「誰《だれ》か、さがしてんの？」

三匹は同じように首をかしげる。

「母さん、さがしてんだ」

僕は素直《すなお》にいうことにした。

「兄ちゃん、大きいのに迷子《まいご》？」

「幽霊《ゆうれい》じゃないんだ。よかった。幽霊は意地悪だもん」

「兄ちゃんのママか。そんなひとみなかった」

三匹《びき》はうなずく。

「そうか。ありがと」

僕《ぼく》はまたラクダを歩かせだした。

「ママ、みつかるといいね」

「きっと、みつかるよ。ついていきたいけど、私《わたし》たち公園からでられないの」

「すぐみつかるって」

三匹が僕をなぐさめるよう口々にいう。きっと、この公園で迷子《まいご》になった小さい子にも、きこえてなくても、そういってやるんだなって、うれしくなった。きっと今の僕が迷子みたいなもんだからだとおもう。

僕は三匹に手をふった。

団地《だんち》をでて、市立病院の前をこわごわとおる。矢板橋の橋守《はしもり》がいってたけど幽霊なんていなかった。でも、母さんをよんでも返事もない。

アーケードの商店街《しょうてんがい》に入った。お店はみんなしまってるし、車はとおらないし、ひともそういない。母さんらしい人影《ひとかげ》もないけど、アーケードの下だから雨には当たらない。僕《ぼく》はほっとしていた。

アーケードの中ほどまできたら、突然《とつぜん》、前にすすめなくなった。あれっとラクダのおなかをけってみたりしたけど、みえない壁《かべ》があるみたいだ。ラクダが、だめだっていうみたいにブフォフォーンとないた。

ここは橋じゃない。でも橋守《はしもり》みたいなのがいるんだろうか？　あたりを見まわしてもシャッターをしめた店ばかりだ。

「こりゃ、人間じゃ！」

「やだわ。なにやってんだか」

突然、男のひとと女のひとの声がした。

右上からきこえると見あげたら、小さな鶴《つる》が優雅《ゆうが》にまいおりてきた。その後すぐ亀《かめ》が落ちてくる。小さな亀はアーケードのタイルの地面へガッと音をたてて落っこちた。それからコーンとはねかえって、

「いて、いてて！」

ってさけぶ。

「わしがとべんのを知っておるだろう。いっしょにおろしてくれたらよかろう。もどれん。助けてくれ」

おなかをだして、じたばた足をうごかす亀《かめ》を、

「はいはい」

と、鶴《つる》が長いくちばしでひっくりかえしてやってる。

公園の遊具の三匹《びき》が、いろんなものがうごくっていってた。二匹が落ちてきたほうを見あげた。シャッターをとじた店の上に『鶴亀味噌《つるかめみそ》』って彫《ほ》った木の看板《かんばん》がかかっている。あそこに鶴と亀も彫ってあったんだっておもった。木彫りの鶴と亀がうごいて話してる。

「ラクダだぞ！」

すぐそばで声がした。ダルメシアンだ。犬がしゃべった。つるつるした瀬戸物《せともの》だ。本物ほどの大きさはある。きっと、どこかのお店の入り口にでもかざってある人形だ。

気がついたら、犬のほかにいろんなものが僕《ぼく》のそばにいた。

白い長い帽子《ぼうし》をかぶってエプロンをしたコックさんは僕より小さい。水玉もようの服を着たピエロと八巻市《やまきし》のゆるキャラで頭にサザエをくっつけたみたいなまきまき星人《せいじん》は僕より大き

かった。笛をにぎった三十センチぐらいの小人。それらはプラスチックみたいな体だけど、うごいてるし顔の表情《ひょうじょう》もわかる。みんな鶴《つる》と亀《かめ》みたいに、お店の看板《かんばん》やディスプレイからでてきたらしい。

「ラクダ、は、初《はじ》めて、みた」

まきまき星人が、なんとかそういう。言葉をまだよく話せないようだ。そうかも、っておもった。このゆるキャラは三年前にできたばかりだ。なにかの大会が八巻市であったときにつくられたマスコットだ。突然《とつぜん》みたいに八巻市のゆるキャラになった。『誰《だれ》が決めたんだろう?』って母さんがいってた。でも、まああかわいい。

「キャラバンとよぶんじゃ」

亀が教えている。

「どうしたんだろう?　すすめないんだ」

僕《ぼく》は亀にきいた。

僕のまわりにあつまったものたちが、いっせいにため息をつく。

「どんな事情があるか知らないけど、こんなもの引いて、よくここまでこられたわね」

鶴《つる》があきれたと長いくちばしをふりたてる。

「どこかの橋はわたってきたんじゃろが。橋守《はしもり》はなんといいおった？」

亀《かめ》も困《こま》ったやつだというように首をふる。

「矢板橋の橋守がたのめって——」

でも、誰《だれ》にたのむんだろう。ここは橋じゃない。僕《ぼく》は、鶴や亀たちを見おろした。

「さっさとたのんだほうがいい」

コックさんが、ちらっとシャッターをしめた右側《みぎがわ》の店のほうをみる。僕もそっちをみた。

シャッターをしめたイタリアンレストランと本屋さんの間に、僕の机《つくえ》ほどの高さの石垣《いしがき》があった。その上にかわいい赤い鳥居《とりい》とお社《やしろ》がのっかってる。さっき見まわしたときは気がつかなかった。ちょっと奥《おく》まってる。お社の前に白い瀬戸物《せともの》でできた二十センチほどのキツネが二匹《ひき》、むかいあっていた。手足があればうごくって公園の遊具たちがいってた。アーケードの看《かん》板《ばん》やディスプレイのものたちはでてきた。なのに、なんであのキツネたちはうごきださないんだ？

「怒《おこ》ってる」

ピエロがささやいて、ああ大変《たいへん》だ！　と両手をひろげておおげさにぴょんととびすさった。

キツネたちが怒《おこ》ってる？　あ、おもいだした。ここはアーケード商店街《しょうてんがい》ってよばれているけど、本当は稲荷町《いなりまち》商店街だ。

僕《ぼく》はあわててラクダをおりて、鳥居《とりい》の前にかけよった。

パンパンと手をたたいて、

「上杉智則《うえすぎとものり》といいます。日吉山《ひよりやま》まで行きたいので、とおしてください」

と頭をさげてたのんだ。

「やっとたのみおるか」

「だまってとおれるはずがなかろう」

キツネたちはむかいあっていた体を、ぐるりと僕のほうへふりむける。

「すみませんでした」

とにかくあやまった。たのむのは橋守《はしもり》にだけかとおもっていたら、神社にもたのむものらしい。矢板橋の橋守も、教えてくれたらよかったのに、とくちびるをかんだ。

「異界《いかい》のものをつれておるに、礼儀知《れいぎし》らずじゃ」

「急ぎおるのか？」

キツネたちは目をつりあげる。

「夜明け前に日吉山へ行きたいんです」

僕《ぼく》は、何時になったんだろうと気になった。

「日吉山かぁ。ラクダづれじゃ、時間はかかるな。今何時だ」

コックさんが、小人をみる。

「十二時三十五分三十六秒」

笛をかかえた小人がすぐ答えた。この商店街《しょうてんがい》のデパートの壁《かべ》にある時計からでてくる人形だ。一時間ごとにでてきて笛をふく。

「おねがいします」

日の出前までに行かなきゃならないんだ。僕はまたたのんだ。


「ここからまっすぐ行くつもりかえ」

「グランドホテルの前の道は工事中じゃ。朝までとおれん」

キツネたちは、どうする？　というように僕をみた。

鶴《つる》や亀《かめ》やコックさんたちも、ああそうだとうなずく。

僕は腰《こし》の袋《ふくろ》から地図をだしてひろげた。コックさんたちものぞきこむ。

「おれの、街《まち》。まきまきの、街」

まきまき星人がうれしそうに大きなとげとげ頭をうなずかせる。

「ふーん。なんか遠回りよね」

鶴《つる》が長いくちばしで地図の赤い線をなぞる。

「母さんが決めたルートなんだ」

「母さんどこ？」

小人がキャラバンをみる。

「どこ行ったかわかんないから、さがしながら行くんだ。むこうの世界でもさがしてもらってる」

僕《ぼく》はどの道を行こうかと地図をにらんだ。


「母さん、人質《ひとじち》にとられたのか？」

ダルメシアンが、はっとしたようにつぶやく。

「それでこんなキャラバンをおしつけられちゃった？」

ピエロがパンと手をたたいて、またおおげさにとびあがった。

「ち、ちがう――」

そんなふうに考えたことがなかったから、体じゅうの血が凍《こお》りついたみたいだ。

「む、むこうでも母さんをさがすっていった」

僕《ぼく》はくちびるをかんだ。

「どんな世界じゃ？」

亀《かめ》が怒《おこ》ったようにきく。

「クマやネズミがたって歩いてしゃべってて――」

「クマやネズミにだまされおったか」

亀がそういうと、みんな、ため息だ。

僕は、うなだれてしまった。だまされたんだろうか。月殿《どの》はとにかく僕にキャラバンを引かせたがった。危険《きけん》なことなんてないっていった。こわいことだってあるのに。うそじゃないか！　でも、前殿《まえ》はずっと、僕じゃだめだって反対していた。前殿っていやなやつだっておもったけど、前殿のほうが正直だったのかな。でも、月殿だって、こちらはわれらがおさがしいたしますって約束《やくそく》してくれた。母さんは、あっちの世界でもたいせつにおもわれてる。それは絶対《ぜったい》たしかだ。

僕《ぼく》は頭をふりあげた。僕がなにかいう前に、

「信《しん》じて行くんだな。おれ、おまえ好《す》き」

ダルメシアンが、僕の顔に鼻づらをよせた。

「お人よしね」

とびまわる鶴《つる》がくちばしで僕の頭をつつく。

亀《かめ》やコックさんは、かわいそうにという目で僕をみている。だまされてるとおもっているのがわかった。

「ここまできたんだ。とにかく行く」

僕は、自分にいいきかせるように大きくうなずいた。やーめたって、いうのは簡単《かんたん》だ。でも、このラクダたちはどうなるんだ？　知らない世界で迷子《まいご》になるんだ。僕のいうことをきいてうごくラクダたちが、かわいくなっていた。

「ここから左にまがって行くのね」

鶴が地図をみた。

「寺町《てらまち》をとおるか」

コックさんが、腕《うで》ぐみをしてうなる。

「幽霊《ゆうれい》がいるってこと？」

僕《ぼく》は、本当にいるんだろうかと疑《うたが》っていた。でも、目の前にいるのは、幽霊より不思議《ふしぎ》なものたちだ。

「ここにもたまにヒュードロ、こんばんはっておでましになる」

ピエロが、ひゃっと目を見ひらいて、またとびあがった。

「怒《おこ》らせなきゃ、大丈夫《だいじょうぶ》だって」

ダルメシアンが、そんなピエロにうなっている。

「遠回りなのに、もっと回り道になるな」

コックさんがルートを指でたどる。

「十二時四十九分十二秒」

小人がすかさず答える。

「ついていってやりたいわ」

鶴《つる》が僕をみた。

「わしらは、このアーケードからでられんでな」

亀《かめ》も、残念《ざんねん》そうにいってくれる。

「上杉智則とそのつれを、とおそうかのぉ」

「よかろう」

一匹《ぴき》のキツネにもう一匹が答えた。

「ありがとうございます」

僕《ぼく》はお稲荷《いなり》さんにもみんなにもお礼をいった。

「お稲荷様、お清《きよ》めをいただかせてください」

コックさんが、お社《やしろ》の前にあった皿を持ってくる。山盛《やまも》りに塩《しお》がのってる。

「幽霊《ゆうれい》がでたらこれをまくんだ。少しは役にたつ」

コックさんは、僕のパジャマの胸《むね》ポケットに塩を入れてくれた。父さんがお葬式《そうしき》から帰ってきたとき、母さんが玄関先《げんかんさき》で父さんに塩をまいたのをみたことがあった。それかなぁっておもう。

「母さん、きっとみつかるよ」

「はやく行け」

亀《かめ》たちがアーケードの出口まで見送ってくれた。
一時になったんだ。時計の小人の笛がきこえた。

7 キャラバンの卵《たまご》

アーケードをでたら雨がやんでいた。でたところから左にまがる。母さんのルートからはずれてしまった。母さんは、この道をまっすぐ行ったホテルのほうにいるかもしれないのに。僕《ぼく》は工事中の真っ赤なランプがついた道路へ目をやった。ドドドッというドリルの音がひびく。

「母さーん！　どこ？　母さーん」

ドリルに負けないように大きな声でよんでみた。返事はない。はやく母さんのルートにもどって日吉山《ひよりやま》へ行こう。それまでにみつからなかったら、そのときはホテルの前の道へもどってきてさがそう。そうおもった。

寺町《てらまち》へ入った。信号《しんごう》もないし人通りもない。歩道も広い。歩きやすい道だ。

歩道のはじは瓦《かわら》をのせた低《ひく》い白壁《しらかべ》がつづく。お寺の大きな屋根が闇《やみ》にうかんでいた。幽霊《ゆうれい》がいるかなって、びくびくしながらお寺への山門を二つほどとおりすぎた。道はゆっくり右にまがる。

へいごしにみえたのは墓地《ぼち》だ。このお寺は、入り口がこの道にむいてないんだ。つい、へいのむこうをのぞいていた。のぞかなきゃよかった！　体じゅうにとり肌《はだ》がたった。

たくさんのお墓《はか》に、半透明《はんとうめい》なくらげみたいなものがはりついている。それが僕《ぼく》をみた。みたってわかった。くらげたちが、墓石をなぞるように上へ持ちあがる。たくさんあるお墓からみんなだ。お墓の上でゆらゆらゆれるくらげは、ひとの形に姿《すがた》を変《か》えだした。真っ暗な穴《あな》のような目もある。あれが幽霊だ！　たくさんの目が僕をみつけた。

「おお、めずらしや、めずらしや」

「異世界《いせかい》のものぞ」

「ラクダじゃ、ラクダじゃ」

幽霊たちは口々につぶやきながら、ふわふわとただよってきて、へいの瓦の上から暗い目をのぞかせる。

「上杉智則《うえすぎとものり》といいます。おねがいです、とおしてください」

僕《ぼく》は大声でたのんだ。

「人間がいっしょか?」

「生きている人間よ!」

「生きておるぞ。うらめしや」

幽霊《ゆうれい》たちは、生きている僕がラクダといっしょにいることにおどろいた。

「とおしてください。夜明け前までに日吉山まで行きたいんです。母さんをさがさなきゃいけないし」

母さんをさがすっていうと、これまで会った橋守《はしもり》やアーケードのディスプレイたちは同情《どうじょう》してくれたから、つけたした。それがいけなかった。

「私《わたし》なんて、母さんとも父さんとも家族みんなからはなれて、こんなところにいるのよ〜〜」

「生きてりゃいつか会えるだろう。生きてるやつがうらめしい」

「ふん。みつかるもんか」

「ああ、さがしに行かせてなるものか!」

幽霊たちは、へいを乗りこえて歩道へでてくる。ふわふわとラクダの足にからまりだした。

公園の遊具たちが、幽霊は意地悪だっていってたけど本当だ。

まるでガムがひっついたみたいで、ラクダたちはうごくことができない。ラクダたちだけじゃなく、幽霊《ゆうれい》は僕《ぼく》にもからまりだした。まるでビニールをかぶせられたみたいに息苦しい。手足をふりまわしても重い水の中にいるようだ。

「助けて！」

僕は悲鳴をあげたつもりだった。

「ひひひっ！」

「もがけ、もがけ」

幽霊たちはわらいながら、僕をラクダの上からひきずりおろした。

地面にころげ落ちたんだけれど、幽霊たちがゼリーのようにはりついているから痛《いた》くなんかない。でも、息苦しい。声がだせないどころか、息もできそうになかった。

幽霊たちは、ラクダの荷物も開けていく。つぼの中の油っぽいものを地面にふりまくかとおもえば、野菜《やさい》をほうりなげる。にんじんやたまねぎが地面にちらばった。

「やや。なんと大きな卵《たまご》じゃろう」

「こんな卵、初《はじ》めてみる」

幽霊《ゆうれい》たちがおどろく声と、

「やめろ！　さわるな！」

という悲鳴がした。

やめろっていってる。幽霊たちじゃない。誰《だれ》だろう？　僕《ぼく》はもがきながら、幽霊の半透明《はんとうめい》の体ごしに声の主《ぬし》をさがした。

何人かの幽霊たちが、ドッジボールほどもある卵《たまご》を投げ合っている。

「卵がしゃべりおる」

「めずらしや、めずらしや」

「いっそ落として、わってしまおうか」

幽霊たちはおもしろがっている。

卵がしゃべってる！　僕はもがきながら目をみはった。

「なんとかしろ！」

卵がどなる。

「なんとかしろって！」

またどなる。僕にどなってるってわかった。でも、どうしたらいい？

「塩《しお》まけ！　ぼんくら！」

どなられて、やっとおもいだした。アーケードで塩をもらってきたんだ。なんとか、胸《むね》のポケットに手をのばす。塩をつまんで、まいた。手がおもうようにうごかせないから、母さんが料理《りょうり》するときの塩ひとつまみみたいな量《りょう》だ。僕《ぼく》の肩《かた》のあたりにパラッとまいただけだ。それでも、

「ひゃー、こいつ、塩、持ってるぞ！」

「くわばら、くわばら」

僕にまとわりついた幽霊《ゆうれい》たちがとびはなれる。

やっとたちあがって、やみくもに塩をまきちらす。幽霊たちは、へいを乗りこえてお墓《はか》へもどりだした。宙《ちゅう》にほうりあげられた卵《たまご》をうけとめるはずだった幽霊もだ。

とにかく走った。

スライディング・キャッチ！

「ハア！」

ため息は僕と卵がいっしょだ。

「誰《だれ》？」

「おまえ、さあ――」

またいっしょに言葉がでた。

卵《たまご》におまえよばわりされる僕《ぼく》って、どうなんだろう？　よけいなことをおもったのが、まずかった。僕は出おくれた。卵が先に話しだす。

「しっかりしろって！　幽霊《ゆうれい》にまけって、塩《しお》もらったんだろ。オレはきいてたぞ。なにしてたんだよ！　オレ、われちまったらもとにもどんないんだからな。生きたここちがしなかったぞ」

「わ、悪かった。ごめん」

つい、あやまっていた。

「あやまってすむか！　オレ、日の出にまにあわなきゃいけねんだ。さっさと行こうぜ。荷物ひろえって。ラクダにしゃがめっていえよ」

「あ、そ、そうだな」

卵にべらべらいいたてられて、僕は、足をおってすわったラクダにあわてて野菜《やさい》をつめなおした。つぼをふると、ぴちゃぴちゃ音がした。なにかわからないけど、まだ残《のこ》っている。ほっとしてラクダの背《せ》につけなおした。

「どこにいたの？」

最後《さいご》に卵《たまご》をかかえてきいた。クリーム色の卵だとおもったのに、間近でみたら、白い肌《はだ》に金色の粒《つぶ》がたくさん散《ち》っている。こんな卵、みたことがなかった。もちろん、しゃべる卵だって初《はじ》めてみたけど。

「おまえが乗ってたラクダ」

卵が答えた。僕《ぼく》のラクダのふたつきのかごに、わらがしいてあった。そこへ卵を入れると、

「出発！」

って、卵がさけんだ。また出おくれた。おまえが命令《めいれい》すんなよって、いいたいのをがまんした。卵にリーダーシップをとられてた。


あわててラクダにまたがってすすむ。

「誰《だれ》？」

かごをみた。

「オレ？」

「そう」

「きかれてもなぁ。オレだってわかるはずねぇ。生まれてないし」

「生まれてないって、生まれてるだろ、卵《たまご》に」

「卵が孵《かえ》ってみなきゃ、オレがなんなのかオレにわかるはずねぇもの」

「なんの卵なのか知らないってことか」

「ああ」

「月殿《つきどの》の世界の卵ってしゃべんの？」

「いいや。オレはめずらしいらしい。ビーイビーイなきながら森からころがってきたんだってさ」

「ふーん。孵れば二本足で歩いてしゃべるってことだ。あ、もうしゃべってるか」

卵から孵るんだから鳥なんだろうなっておもった。森の中で月殿に、鳥も話すのかってきいた。月殿は話す鳥はまれだっていった。あんな口調を、奥歯《おくば》にものがはさまったみたいないい方っていうんじゃないかな。ラクダの荷物にこの卵を入れるつもりだったからだ。

「おまえ、食料《しょくりょう》じゃないだろ」

月殿は食料をとどけたいっていった。まちがって積《つ》みこまれたはずがない。この大きさだもの。

「ふーん。そんなにぼんくらでもないか」

「だましたんだ」

僕《ぼく》はうなだれてしまった。アーケードで誰《だれ》かが、だまされたのかっていってた。

「いわなかっただけだ」

「どうして、いわなかった？」

「おまえ、オレみたいなしゃべる卵《たまご》をとどけろっていわれて、はい、っていったか？」

「うーん。いったかも。だって母さんさがさなきゃならないし。あー。母さんかくしたんだな？」

「ちがうって。ゆみえ殿《どの》は、本当にいない。オレはゆみえ殿にとどけてもらうつもりだったんだ。なのに、おまえだろ。心配で心配で」

「そうか。やっぱり、月殿たちも母さんがどこにいるか、わかんないんだ。でも、教えてほしかったなぁ。こんな卵を知らないで運んでたんだぞ」

やっぱり、だまされたと同じじゃないかってはらがたつ。

「長殿《ながどの》が絶対《ぜったい》しゃべんなって。長殿に何度も言葉づかいをなおされてんだ。でも、このままだ。ご子息殿《どの》にきらわれるからしゃべんじゃねぇっていわれてきた」

「ぼんくらって、どなられるんだ。きらわれたってしょうがないだろ」

「だから、そうぼんくらでもねぇっていったばかりだろう。ここまできたんだ。前殿《まえ》がいうみたいに軟弱《なんじゃく》ってわけでもねぇ」

卵《たまご》は、これでも僕《ぼく》をなぐさめたつもりらしかった。


寺町はそろそろ終わる。外灯《がいとう》の下で、僕は地図をひろげた。

「母さんのルートにもどるには、右に行くんだ」

日吉山へ行くならまっすぐ行ったほうが近い。工事中でルートをはずれたので、大回りになってしまっている。どっちの道がいいかまよった。

「夜明け前までに日吉山に着けよ」

卵が口をだす。

「オレ、どうしても日吉山で朝の光をあびなきゃなんねぇらしいんだ」

ポンポンとはずむように話していた卵の口調が急にのろくなった。

「どうしてだ？」

「オレ、本当はもう孵《かえ》ってもいいらしい。なのに、孵んねえ。まあ、しゃべる卵《たまご》なんて月殿《どの》たちだって初《はじ》めてみたみたいだし。長殿がいろいろ調べて伝説《でんせつ》の卵だってわかった。オレ不思議《ふしぎ》な卵らしいぞ」

「いわれなくても不思議だって」

僕《ぼく》はまじめな顔でうなずいた。

「冗談《じょうだん》いってるばあいじゃないんだ。何百年に一回ぐらい、オレみたいな卵が生まれるらしい。卵がなくから親はびっくりして捨《す》てちまう。たいてい、うまく孵らねえんだって。長殿が調べて、日吉山で明日《あした》、いやもう今日だな。日吉山の朝日をあびれば孵るかもってわかった。そこにオレたちの世界への入り口も開いてる。だから食料《しょくりょう》といっしょにオレもとどけてもらうことになってた。今日卵から孵んねえと、ずっと卵のままだってさ。オレ、卵のまま死にたくねえし」

卵の声は、しずんだ。自分の運命を呪《のろ》うようだ。

「卵のままって、えー、案外《あんがい》せっぱつまってるってことか⁉」

「案外じゃねぇ。時間の制限《せいげん》があるからゆみえ殿がよかろうってたのんだんだ。なのに、おまえだろ。長殿がまにあわなくてもご子息殿をうらむなってさ。ご子息殿がいなきゃ、出発することもできなかったんだからって」

「はあ」

ため息がでた。本当の分かれ道だぞって、ごくりとつばを飲みこんだ。母さんをさがす道にするか、卵《たまご》を夜明け前にとどける道にするか。どうしたらいい？　母さんなら、どうしたんだろう。僕《ぼく》が行方《ゆくえ》不明《ふめい》なら、母さんは僕をさがす道をえらぶかもしれない。でも、さがしてもらった僕はうれしいかな？　卵のままになっちゃうこいつがいる。僕は、そんなにうれしくないかもしれない。母さんだって、同じようにおもうに決まってる。日吉山にこいつをとどけて、母さんのルートを逆《ぎゃく》からさがしたっていい。

「わかった。卵優先《ゆうせん》だ。この道、まっすぐだ！」

僕はラクダにそう命令《めいれい》した。

「悪いな。ぼんくら」

「ぼんくらってよぶなよ。トモだ」

「卵もやめろよ。なんか、ずっとこのままみたいだ」

「だって、なんてよんだらいい？」

なんの卵かわからないんだ。

「トモがつけろ」

「へえ。いいの？」

誰《だれ》かに名前をつけるなんて初《はじ》めてだ。卵《たまご》の世界の名前は月とか前とか長とか一文字みたいだ。卵だから丸《まる》かな？　でも、うまくいけば卵から孵《かえ》るんだ。卵に金色の粒《つぶ》があった。

「金《きん》はどう？」

「うん。金か！　卵のままでも、金って名前だ」

卵はうれしそうだった。

8　ムカデ姫《ひめ》

寺町《てらまち》からまっすぐすすんだら官庁街《かんちょうがい》にでた。市役所や保健所《ほけんじょ》や裁判所《さいばんしょ》や、とにかくお役所の四角な建物《たてもの》が両《りょう》わきにならぶ。車道はもちろん歩道だって広い。信号《しんごう》を四つわたれば城跡《しろあと》公園へ行く中《なか》の橋《はし》にも近い。

夜中はひともいないし、車もたまにとおるだけだ。キャラバンには楽な道だ。母さんはどうしてこの道をえらばなかったんだろう。信号をわたるのも楽だ。二つめの信号をラクダたちにわたらせて、先頭にもどろうとしたときだ。

「なにやつ！」

女のひとの声がした。

左側《ひだりがわ》の建物からだ。裁判所だ。去年、学校の社会科見学で、きた。僕《ぼく》はとじてある門扉《もんぴ》の上からのぞきこんだ。

真四角な三階《がいだ》建ての建物《たてもの》だ。玄関《げんかん》にロータリーが半円にめぐっている。その前庭にくねくねした松《まつ》の大木がある。洋風の建物に和風の庭だ。ここは昔のお姫様《ひめさま》の屋敷跡《やしきあと》だって習った。松の木の下に池があって、そのふちにそのお姫様の小さな像《ぞう》もたってる。なに姫っていったっけ。なんかこわい名前だった。昔から敵対《てきたい》していた藩《はん》から政略結婚《せいりゃくけっこん》でお嫁《よめ》にきたんだ。なのに、その藩と戦《たたか》いになって八巻藩《やまきはん》は負けた。人質《ひとじち》だったお姫様は城《しろ》を追いだされて実家へ帰されるはずだった。でも、お姫様は城に残《のこ》した子どものそばをはなれたくなくて、ここに屋敷を建《た》てた。この屋敷で子どもに会うこともなく若《わか》くして死んだんだ。そんないわれがある。僕《ぼく》にしてはよくおぼえているほうだ。

「離婚《りこん》したってことか」

あのとき、翔《しょう》が、庭にあるそのお姫様の像をみて、つぶやいた。あのころ、翔は両親の離婚のことで悩《なや》んでた。それでおぼえてるんだ。いつもの僕なら、先生の話なんて右の耳から左の耳に素通《すどお》りだ。

家へ帰ってから母さんに、翔のことを話した。

「翔君、つらいね。友だちなんだから、トモはできるだけ力になってやるのよ。でも、翔君のパパとママもつらいんだとおもう。きっと翔君のママは、つらくても翔君といっしょだ！　って、がんばって生きていけるんだとおもうよ。母親にとって、子どもと別《わか》れるのがいちばんつらいんだもの。かわいそうよね」

ってていったんだ。そんなことをおもいだした。

お墓《はか》もここにあるっていったぞ。とおもったとき、くらげみたいなものが、建物《たてもの》のかげから、ビュンと音をたててとんでくる。幽霊《ゆうれい》だ！　お寺の幽霊みたいにふわふわしていない。てっきり僕《ぼく》にとんでくるとのけぞったら、その幽霊は池のわきのお姫様《ひめさま》の像《ぞう》にとりついた。くらげは灰色《はいいろ》の像の肌《はだ》にすいこまれていく。そのとたん、お姫様の像がうごきだした。白い顔で赤いくちびるをギュとむすんでいる。五十センチぐらいだったのに、あっというまに僕より大きくなった。人間にみえる。アーケードのディスプレイたちは、うごきだしても木や瀬戸物《せともの》やプラスチックのままだった。

「曲者《くせもの》め！　とおさぬ！」

お姫様は派手《はで》な打《う》ち掛《か》けをはおり、長い髪《かみ》に鉢巻《はちま》きをしめて、なぎなたをこわきにかかえこんでいた。

あのくらげは幽霊だ。くらげと像の合体だ。母さんをさがしてるっていわないほうがいい。

さっきは、そういって幽霊《ゆうれい》たちを怒《おこ》らせてしまった。

僕《ぼく》はラクダをとびおりて、

「上杉智則《うえすぎとものり》といいます。日吉山《ひよりやま》まで行きたいんです。とおしてください」

って、ていねいにたのんだつもりだった。

「日吉山とや？　城《しろ》へ行くつもりか！　よくもここまで入りこみおった。ゆるしてなるものかえ」

お姫様《ひめさま》はなぎなたをふりあげる。そのとたん、お姫様の目の前の池の水がググッと盛《も》り上《あ》がる。池の水は門扉《もんぴ》めざして流れだす。水だろうか？　カサカサ音がする。水の音ではない。黒い波は門扉の下へしみだすんじゃなく、門扉をはいあがりだしていた。

「ウワッ、虫だ！」

さけんでいた。

「なんだ、どうした？」

かごの中から金《きん》がきく。

「虫、虫がいっぱいでた」

池からはいだす虫は無限《むげん》のようだ。とびはしない。地をはう虫は、門扉を乗りこえて僕の足までよってくる。

「ウワー、くるな！」

僕《ぼく》は足がたくさんある虫をふみつぶしていた。

「こやつ、さからいおるか！　異界《いかい》の手先じゃ。成敗《せいばい》！」

それをみたお姫様《ひめさま》のひたいに青すじがたった。

「トモ、どうした？」

「お姫様が怒《おこ》ってんだ。虫もいる」

金にくわしく説明《せつめい》しているひまはない。

成敗ってどなったお姫様は虫たちの黒い波に乗って門扉《もんぴ》を乗りこえようとしている。

「塩《しお》ないか？　い、むちあったろ」

金がどなる。

そうだ。むちがあった。僕は袋《ふくろ》からむちをだして、ふってみた。むちなんてふったことがない。やみくもにふりまわしていた一撃《いちげき》が虫の波をうちくだく。虫がとびちる。虫たちが少しひるんだようにみえた。

「こしゃくな！　ゆるすまじ」

お姫様《ひめさま》はなぎなたをふりあげる。もう門扉《もんぴ》を乗りこえて歩道にでている。

「はやく行け、行くんだ！」

僕《ぼく》もラクダたちに命令《めいれい》した。


ラクダたちに先に歩道をすすませる。しんがりの僕は虫とむきあって、むちをふりながら後ろむきですすむ。虫のかたまりの黒い波に乗ったサーファーみたいなお姫様は、なぎなたをふりあげながら、

「夜討《ようう》ちとは卑怯《ひきょう》なり！　ゆるさんぞえ！」

とさけんでいる。

「くるな！　くるな！」

むちをふる僕の声は涙声《なみだごえ》だ。虫は気味が悪いし、まゆをつりあげたお姫様は鬼《おに》みたいだ。足がいっぱいあるくせに、虫たちのスピードがそう速くないのだけが救《すく》いだ。

やっと四つ角まできた。三つめの信号《しんごう》だとふりむいたらラクダたちがいない。

「金、どこだ！」

あわててしまった。

「ここだ！」

金の声は左のほうからきこえた。

しまった！　とくちびるをかんだ。ラクダたちは道なりにすすんでいった。信号《しんごう》をわたるなんておもいもしないんだ。

角を左にまがったらラクダのおしりがみえた。

「どうした？」

先頭のラクダにいる金がさけぶ声がした。

「まだ、追いかけてくる。あー、どうしよう！」

僕《ぼく》は、悲鳴をあげてしまった。

ラクダたちがすすむ道はどんどんにぎやかになる。駅へむかう道だ。このあたりは花見小路《はなみこうじ》という飲食街《いんしょくがい》だ。僕も父さんにつれられて中華料理《ちゅうかりょうり》のお店に何度かきたことがある。何時だろう。アーケードをでたときが一時だった。きっと二時はとっくにすぎてる。でも、まだ開いている店はあるし、歩道にひともたくさんいた。

ラクダをもどすことはできない。

「すすめ、行け！」

むちをふりながらさけぶ。ラクダたちは、上手にひとをよけてすすむけど、酔《よ》っ払《ぱら》いが多い。自分からラクダにぶつかっていくひとが何人かいた。ころんでも、本人もそばにいたひとも気にしていない。

「飲みすぎた」

なんていってる。

そんなさわぎの中、虫の波に乗ったお姫様《ひめさま》は、じりじりと近よってくる。官庁街《かんちょうがい》をとおりこしたのに、まだ追ってくる。アーケードの亀《かめ》たちは自分の街《まち》から外へでられないっていったのに。このお姫様は特別《とくべつ》なんだろうか。

前にいる虫にむちをふってラクダたちのほうをふりむく。そんなことを何度もくりかえしていたとき、視線《しせん》を感じた。

むかい側《がわ》の歩道だ。のれんをかかえたラーメン屋のお兄さんだ。店をしめるところらしい。黒いT《ティー》シャツに長い前掛《まえか》けをしたお兄さんが、あんぐり口を開けて、ラクダたちから僕《ぼく》、虫、虫の上のお姫様と目をうごかしている。その目が僕の目と合った。僕たちのことがみえてる？

「待ってろ！」

お兄さんがさけんでしめかけていた店へとびこんでいく。そして、つぼをかかえて車道を走ってきた。

「ムカデ姫《ひめ》の前、とおったな？」

こわい顔できく。そうだ、ムカデ姫っていうんだ。虫はムカデだ。

「ばかだなぁ。ムカデ姫はこわいんだぞ。ムカデが守り神についてんだ」

いわれなくたってこわい。

お兄さんは、つぼに手を入れて塩《しお》をつかみだした。

「幽霊《ゆうれい》と像《ぞう》の合体なんだ」

塩がきくかなって、お兄さんをみる。

「半分幽霊なんだろ」

お兄さんはムカデ姫にむかって塩を投げつけた。

「援軍《えんぐん》をよびおったのか！　こしゃくな！」

ムカデ姫は長い袖《そで》で塩をよけてちぢこまる。でも、お寺の幽霊みたいに逃《に》げだそうとはしない。

「ムカデは本物だな」

塩《しお》をまくお兄さんが、塩はムカデにはきかないと首をかしげる。

「まいとけ」

お兄さんは、僕《ぼく》に塩つぼをおしつけて、また車道のむこう側《がわ》に走っていく。

一人にしないでって、さけびたい。


「キャー」

悲鳴がした。

「やだー、気持ち悪い！」

女のひとたちが、僕のまわりでさわぎだした。ムカデをみてふるえている。

「なんだ？　虫だぞ」

「ムカデだ。こんなにたくさん、どうしたんだ？」

「異常発生《いじょうはっせい》ってやつか！」

「警察《けいさつ》、ううん。保健所《ほけんじょ》か？」

ムカデの前に人だかりがしだす。

「じゃま、どいて！」

たちあがろうとするムカデ姫に僕《ぼく》は塩《しお》を投げつける。まわりはそんな僕に気がつきもしない。ムカデだけがみえるらしい。

お兄さんがドラッグストアの袋《ふくろ》をさげて、かけもどってきた。

ムカデにむかって殺虫《さっちゅう》スプレーをふりまく。薬をかけられたムカデがピクピクうごけなくなる。

「どうしおった。しっかりしろ！」

ムカデ姫がいきおいのなくなった黒い波にどなっている。

ウーウー。サイレンが近づいてくる。誰《だれ》かが警察《けいさつ》をよんだらしい。

「これ、まいといてください」

お兄さんは、そばにいたおじさんに殺虫スプレーをあずけた。

「時間かせぎにはなる。水、飲ませたか？」

お兄さんが、もうだいぶ先にいるラクダをみた。

「あ、まだ」

母さんはグランドホテルの前庭で水を飲ませるつもりでいた。

「だいぶくたびれてる。駅の噴水《ふんすい》で水、飲ませろ。ムカデ姫は、まだ追いつきゃしない」

「まっすぐ行け。水、飲め」

僕《ぼく》は大声でラクダたちにさけんだ。

僕とお兄さんはふりかえりながら駅へかけだした。ムカデ姫の気配はない。

「ここまで追ってくるかな？」

「ムカデ姫は、昔の城下町《じょうかまち》ならうごけるかもな。どこまで行くんだ？」

「城跡《しろあと》公園の日吉山」

「ここからなら弟橋《おとうとばし》だな。橋さえわたればムカデ姫は追ってこない。かわいそうに、ムカデ姫はお城《しろ》にお出入《でい》り禁止《きんし》だ」

「ああ。お城から追いだされたんだね」

ムカデ姫のいわれを、またおもいだした。

9 みつ先生

駅前は明るくて、タクシーも何台か人待ちをしていた。始発の電車にはまだ時間がはやいせいか人影《ひとかげ》はない。駅舎《えきしゃ》の前に花壇《かだん》があってその中に噴水《ふんすい》がある。ラクダたちは、のんきに水を飲んでた。

そのラクダたちの間に赤銅色《しゃくどういろ》のひとが何人かみえる。大人《おとな》も子どももいる。

「なんだ？」

とお兄さんをみた。人間ではないのはみればわかる。

「ありゃ銅像《どうぞう》かなぁ」

お兄さんも首をかしげた。

「まきまき星人《せいじん》もいる。ほら」

赤銅色《しゃくどういろ》の子どもたちが噴水《ふんすい》の中に入って、ラクダにバシャバシャ水をかけている。そして、アーケードでみたまきまき星人も、子どもたちにまじってラクダに水をかけている。アーケードで会ったのより少し小さめだ。駅前においてあるディスプレイらしい。

ラクダたちは、水をかけられても気にするようでもない。金《きん》もおとなしくだまりこんでいる。まわりでなにが起こっているかわからないからだ。

「これラクダだよね」

「砂漠《さばく》にいんだろ」

「動物園にもいるんだぞ」

楽しそうな声もきこえる。

「そう水をかけてはいけないわ。タクシーの運転手さんが気がついて起きてしまうでしょう」

大人《おとな》の銅像《どうぞう》は女のひとだ。シーッというように口の前に人さし指をたてて、噴水の中の子どもたちとタクシーを見くらべている。二、三台いるタクシーの運転手さんたちは仮眠中《かみんちゅう》らしい。

「ああ」

僕《ぼく》とお兄さんが同時にわかったとうなずいた。

駅舎《えきしゃ》の左側《ひだりがわ》の小さな空き地に銅像《どうぞう》があるんだ。先生と生徒《せいと》の銅像のはずだ。それが今、台座《だいざ》だけになっている。なんていう銅像だったろう。この街《まち》出身のえらい彫刻家《ちょうこくか》がつくったやつだってきいたことがある。待ち合わせ場所の目印《めじるし》にしたかったんだとおもうけど、誰《だれ》も銅像の前でひとを待ってたりしない。場所が悪いのかな。タクシー乗り場からもバス乗り場からも近いのに、いつもなんとなく日陰《ひかげ》っぽい感じがする。

あ、でも、一度、あの銅像の前で母さんを待ったことがあるのをおもいだした。いつだったろう？　ずいぶん小さいころだったような気がする。

噴水《ふんすい》にかけよった僕《ぼく》とお兄さんに、子どもたちが気がついた。

「僕たちのことみえんだ」

「へえー。めずらしい」

「異界《いかい》のものじゃないよね。なんでみえるの？」

「このラクダといっしょなの？」

子どもは男の子と女の子が二人ずつ。僕より小さい。幼稚園児《ようちえんじ》ぐらいかな。バシャバシャ水をかいて僕のほうへ近よってくる。まきまき星人も子どもたちといっしょに水からでてはきたけれど、このまきまき星人は、かたこともしゃべれないようだ。

「まあ。めずらしいこともあるのねぇ。異界《いかい》のものと、この街《まち》の人間がいっしょなのねぇ」

先生がラクダと僕《ぼく》たちを見くらべた。僕たちがこの街の人間だってすぐわかったみたいだった。どうしてって、ちらっとおもったけど、僕はあせっていた。

「僕のキャラバンなんです」

僕はそういいながら、金が入っているかごをのせた先頭のラクダを噴水《ふんすい》から引きはなそうとたづなに手をかけた。

「ラクダに乗せて！」

女の子が噴水からとびだしてきた。

「うん。乗せてよ」

ほかの子たちも僕の引いたラクダにまとわりつく。まきまき星人も肩《かた》をゆらしてだだをこねる。

「ごめんな。こいつ、大事な仕事中なんだ。遊んでるひまないんだ」

お兄さんが首をふる。

「ちょっとぐらい、いいでしょ」

「そうだよ。乗りたい！　みつ先生、たのんでちょうだい」

子どもたちの声が大きくなる。

そうだ。『みつ先生《せんせい》と生徒《せいと》の像《ぞう》』っていうんだ。なにか悲しいいわれがあったような気がする。

「すみません。ほんとに急いでるんです。ムカデ姫《ひめ》も追ってくるかもしれないし」

お兄さんが、みつ先生に頭をさげる。

「この子たち、楽しいことなんて経験《けいけん》したことがないのよ。少しだけおねがいできないかしら。ラクダを初《はじ》めてみたから興奮《こうふん》してるの。少しだけでいいから乗せてあげてください」

反対にみつ先生も頭をさげる。

「乗りたい。おねがい」

「乗ってみたい！」

子どもたちがぐずぐず泣《な》きだしてしまう。

僕《ぼく》もお兄さんも困《こま》ってしまった。ムカデ姫のように戦《たたか》うことができない。

「おもいだした。この先生、この子たちを助けようとして自分も死んでしまったんだ。列車事《じ》故《こ》だったんじゃないかな。その供養《くよう》のための銅像《どうぞう》のはずだ」

お兄さんが僕にささやく。

それでなんとなく暗い感じがして待ち合わせ場所にはしないのかなって納得《なっとく》しかけた。

「トモ君。おねがいできないかしら」

みつ先生が泣《な》きだした子どもたちを両腕《りょううで》にかかえこむようにして僕《ぼく》をみた。

「な、なんで？　どうして僕の名前を知ってるんですか？」

僕は耳を疑《うたが》った。でも、たしかにトモっていった。

「私《わたし》たちの前で誰《だれ》かを待っていた子をわすれるはずないわ。とくに泣いていた子はね。トモ君、泣いてたわ。なぐさめてあげたかったけど私、声もかけられないから。お母さんが迎《むか》えにきたのをみてほっとしたのよ」

僕のことをおぼえていたんだ。あのときの心細かったおもいがどっとおしよせてくるようだった。母さんがこない！　母さん、どうしたんだろうって泣きじゃくった。そんな僕を心配してくれていたひとがいたんだ。そんな銅像《どうぞう》だったんだってうれしい。でも、ここで時間をとるわけにはいかない。どうしたらいい？　お兄さんをみると、お兄さんも困《こま》ったようにまゆをよせている。

突然《とつぜん》、ザバーンと音がした。噴水《ふんすい》の水がとびちってくる。

「ヒャー！」

僕《ぼく》もお兄さんもみつ先生たちも悲鳴をあげていた。

「ご子息殿《どの》。さがしましたぞ」

噴水《ふんすい》の中にぬれねずみの前殿《まえ》がたっていた。

「ゆみえ殿のルートにあるわれらの世界との出入り口をのぞきこんでおりもうした。われらの世界にゆみえ殿はいらっしゃいません。ご子息殿、ゆみえ殿はみつかりましたかの？」

前殿はブルブルと体をふって水をはねちらかす。まるで、お風呂《ふろ》からあがった犬のようだ。それも巨大《きょだい》な犬だ。

僕は水をよけながら首をふった。

「わー、おっきいネズミ！」

「話すよ。みつ先生、ネズミが話す！」

泣《な》いていた子たちが前殿に目をみはる。

「前殿に子守《こもり》をたのめ」

お兄さんがささやく。子守？　そうかとうなずいた。

「前殿。僕、時間がないんだ。行かなきゃならない」

前殿《どの》がうなずく。金のことを僕《ぼく》にかくしていたとせめたかったけど、そんな余裕《よゆう》もない。

「この子たちと少し遊んでやって。大丈夫《だいじょうぶ》。異界《いかい》のものだからっていじめたりしない。退屈《たいくつ》してるだけだから」

ねっとみつ先生をみた。みつ先生も前殿に目をみはりながらうなずいてくれる。

「ねえねえ。どこからきたの？」

「前殿って名前なの？」

「ネズミだよね！」

「どうして噴水《ふんすい》からでてこられたの？」

子どもたちがもうラクダをわすれて噴水にとびこんでいく。ラクダより、話せるネズミの化け物のほうがおもしろいに決まってる。

前殿はおろおろした様子だったけど、はやく行けと手をふってくれた。

「急げ！　とにかく行け。オレは道をもどってムカデ姫がきたらなんとか止めてみる」

お兄さんは、僕から塩《しお》つぼをうけとる。

駅の時計はもう四時だ。僕はあせった。日の出が何時なのか知らないけど、もうすぐ朝になる。

お兄さんがラクダたちをあつめてくれながら、

「それにしても、おまえ、すっごいキャラバン持ってんだな」

と、金のいるラクダにまたがった僕《ぼく》をみた。

「母さんのキャラバンなんだ。母さんがいなくて僕がかわり」

「すげぇ。おまえの母さん、すげぇな」

お兄さんの目がきらきら光った。

「すごくなんかない。母さんのせいで、こんなのおしつけられたんだ」

僕はそうつぶやいた。少しうらめしくおもってた。だってすごくこわいことばっかりだ。でも、なんとか日吉山《ひよりやま》までは行かなきゃって、くちびるをかみしめた。

お兄さんには、僕のつぶやきはきこえなかったらしい。こっちだって道を指さす。

僕は、その方向へラクダの首をむけた。

「あ、どうして僕たちのことみえたの？　前殿《どの》ってよんだよね。前殿のこと知ってたの？」

僕はお兄さんをふりむいた。

お兄さんの目がうるんだ。お兄さんはなにかいおうとしてのどがつまったみたいに口を開け

た。言葉がでないみたいだ。ごくっとつばを飲むと、
「オレもキャラバン持ってた」
と、かすれた声でいった。
「えっ」
ってしかいえない。
「オレも子どものころ、キャラバン引いてこの街《まち》をとおった。わすれてた。わすれてたってい
うより信《しん》じられなかった。夢《ゆめ》だともおもえなかった。でも、みえた。さっき、ラクダみたと
き、子どものころへかえったみたいだった。前殿《どの》のことも知ってた。前殿はオレのことわすれ
たみたいだけどな。前殿は大人《おとな》になったオレのことがわからなかった。オレがあの世界をわす
れたみたいに、オレもわすれられていたわけだ」
お兄さんは泣《な》いていた。
「おまえの母さん、すげえよ。きっと、子どものころにキャラバン引いたんだな。それをずっ
と信じてたんだ。あの世界のやつらをずっとわすれないでいたんだ。だから、前殿たちもおま
えの母さんをすぐみつけたんだろ。大人になってても。オレ、情《なさ》けねぇ。あの世界を信じられ
なかった。信じてたら、オレだってまたキャラバン引けたかもしんない。おまえみたいに、オ

レの子どもに引かせてやれたかもしれないよな」

お兄さんは、こぶしで涙《なみだ》をぬぐった。

お兄さんにはいい思い出のようだ。僕《ぼく》にはこわいことばっかりだ。はやく、とどけてしまいたい。そして母さんをさがしに母さんのルートにもどるんだ！

「行け。無事《ぶじ》キャラバンをとどけろ！」

「うん。ありがとう」

僕は前殿《どの》にむらがってはしゃぐ銅像《どうぞう》の子どもたちの声をききながら、駅前から弟橋《おとうとばし》にむかう道にでた。

10 橋守《はしもり》たち

土手道だ。あたりの建物《たてもの》は土手の下だ。あせっている僕《ぼく》はラクダのはらをけった。ラクダって走れる。それも速い。僕は落っこちないように、こぶにしがみついてた。

「いいやつだな」

金《きん》がいう。

「よくだまってたな」

「ああ。おどろかせるかとおもったし」

「きっと、おどろかなかったぞ。子どものころキャラバン引いたんだって。母さんのほかにもたのまれたひといたんだ」

弟橋《おとうとばし》がみえてきた。僕はほっとした。時間が気になった。

八巻川《やまきがわ》にかかる兄橋《あにばし》と弟橋の双子橋《ふたごばし》は、木造《もくぞう》のアーチ橋だ。車はとおれない人間専用《せんよう》の橋で、八巻市《やまきし》の観光名所《かんこうめいしょ》でもある。

まだ夜は明けない。でも、闇《やみ》がうすれて青くなりかかったあたりに城跡《しろあと》の石垣《いしがき》がぼんやりとみえる。あのとなりの山が日吉山《ひよりやま》だ。

橋のまわりにひとはいない。でも、橋守《はしもり》はどこかにいる。

僕《ぼく》はラクダをおりて、

「上杉智則《うえすぎとものり》といいます。日吉山まで行きたいんです。とおしてください」

と声をはりあげた。

橋のてっぺんに人影《ひとかげ》があらわれた。女の子だ。僕と同じ年ぐらいかな？　日に焼《や》けた肌《はだ》でワンピースのようなものを着ている。

「あ、そ、その、君が橋守？」

髪《かみ》を二つにわけて結《ゆ》った女の子はとまどった様子だったが、ゆっくりとうんとうなずく。弟橋なのに橋守は女の子らしい。

「日吉山の展望台《てんぼうだい》まで行きたいんだ。わたらせてください」

頭をさげてたのんだ。

女の子は僕《ぼく》とラクダたちをうさんくさそうにみた。

「キャラバンはちがう世界からきたんだけど、僕はこの街《まち》に住んでる。悪さをするわけじゃないんだ。ただとおしてほしいだけなんだ」

っていってみたけど、女の子は僕たちをみたまま、困《こま》ったような顔をしているだけだ。

困ったのは僕のほうだ。にらみあってる時間はない。矢板橋《やいたばし》の橋守《はしもり》みたいに巨大化《きょだいか》するようでもない。行っちゃおうかな！


「トモ！　トモなの？」

母さんの声がした。遠いけど母さんの声だ。どこだ？　橋のむこうからきこえたような気がする。

「母さーん」

母さんをさがした。八巻川は広い。それでもむこう岸に僕みたいな白い布《ぬの》をかぶった人影《ひとかげ》をみつけた。母さんだ。赤銅色《しゃくどういろ》の鎧兜《よろいかぶと》の戦国武将《せんごくぶしょう》みたいな格好《かっこう》のひとに、後ろ手にしばられて引きたてられてる。あれはうごきだした銅像《どうぞう》だ。

「母さん。さがしたよ！　どうしたの？　母さんのこと、はなせ！」

僕《ぼく》の足は勝手にうごいていた。母さんがいた！　むこう岸にわたろうとアーチ橋をかけあがる。

僕はなにかにつまずいて、いきおいよくころんで橋板に顔をぶつけた。「痛《いた》っ」て顔をあげたら橋の欄干《らんかん》に枝《えだ》がはえだした。欄干だけじゃない、橋板がばりばりと音をたてながら何本もの木に変《か》わっていく。空にむかって木がのびていくんだ。葉をつけた枝がわさわさゆれる。まるで、川の上にジャングルがあらわれたみたいだ。

「母さーん」

僕は起きあがって、目の前の、木にしては小さい、草にしてはしなる葉をかきわけてすすもうとした。

その僕に女の子が体当たりするようにつかみかかってくる。

「はなして！」

僕は女の子をふりほどいた。女の子はいきおいよくころがった。

「なにするんだ！」

その子を助けおこした男の子がいる。どこからでてきたんだ？　まるで七五三へでかけるみたいだ。紋付《もんつ》き袴《はかま》っていうんだ。僕も七歳《さい》のとき、こんなのを着せられた。坊《ぼっ》ちゃん刈《が》りって頭だとおもう。前髪《まえがみ》を一直線に切りそろえている。その前髪と平行に口を真一文字にむすんで僕《ぼく》をにらむ。その目つきで、こいつ、きかないって僕はわかった。

「サラ、けがしてないか？」

と、僕から目をはなさないで女の子にきく。

女の子はサラって名前らしい。うんとうなずいて、こいつが悪いっていうように僕を指さした。

「異界《いかい》のものか！　とおさぬ！」

男の子は大人《おとな》みたいな声でさけぶ。

「ちがうって。この街《まち》の人間だよ。とおしてってたのんだのに」

僕がそういったのと、

「トモ！」

母さんの悲鳴と、

「トモ、どうした？　なにがあった？」

金がさけぶ声が同時に僕の声にかぶさった。

「トモ、トモ！」

母さんはさけびつづける。

弟橋は今はちょっとしたジャングルだ。その中にいる僕《ぼく》もこの変《へん》な女の子も男の子も、母さんにはみえない。

「もどれ！」

男の子はさっと、金たちのいる川岸を指さす。僕のいうことなんてきいていない。

「たのんでんだけど、とおしてくれないんだ」

僕は、母さんにそうさけびながら、がむしゃらに走りだした。男の子も女の子もつきとばしてもいいっておもった。母さんがあぶないっておもった。助けなきゃっておもった。やっと、会えたのにっておもった。

僕の足になにか、からみついた。またころぶってひやりとしたのに、僕はポーンと宙《ちゅう》にはねあげられて、ヒューンと宙を落っこちる。そして川面《かわも》すれすれのところでさかさまに一瞬《いっしゅん》止まった。

橋にはえた大きな木にからんだつたが、僕の右足にからみついて僕をさかさまに橋からつりさげていた。

その木の枝《えだ》にあの女の子と男の子が腰《こし》かけて足をぶらぶらさせている。

「むこう岸にわたして。母さんがいるんだ。悪いことなんてしないって！」

僕《ぼく》はさけんだ。

つたは、のびたりちぢんだりする。バンジージャンプってこんななのかなってちらっとおもったとき、川からなにかが僕めがけてとびあがった。

黒い大きなものだ。でも、運よくつたがちぢんでくれた。バクッ！　大きな口が、僕の髪《かみ》をかすめてとじる音がした。歯もみえたような気がする。それが川へもどってというか落ちて、水しぶきが僕までかかった。

「キャー、トモ、トモ！」

母さんの悲鳴がきこえる。

「助けて！　食われる！」

僕は釣《つ》り糸《いと》につけられた餌《えさ》になったみたいだ。

今、つたは下へとのびている。僕は下へ落ちていく。川の底《そこ》に黒い大きな魚のような影《かげ》がある。僕が川面《かわも》に近づいた。それは僕めがけてとびあがった。みえた。大きななまずだ。きっと僕なんてひとのみだ。僕はギュッと目をとじた。

「やめ！　やめるんじゃ！」

あたりをゆるがす声がした。初《はじ》めてきく声だ。しゃがれた男のひとの声。

僕《ぼく》は、弟橋のたもとのラクダの足元に投げだされていた。僕は地面の上にすわりこんで大きく肩《かた》で息をした。ジャングルだった弟橋ももとにもどっている。

ああ、助かった！　とおもったのに、

「わらわから逃《に》げられるとおもってか！」

いつのまにかムカデ姫《ひめ》がそばにいた。僕の首になぎなたの刃《は》がぴたりと当たっている。

「た、助けて！」

悲鳴がでた。なぎなたの刃はひんやりしている。

「あー、裏道《うらみち》きたのか！」

土手の下から塩《しお》つぼをかかえたお兄さんがかけあがってきた。ムカデ姫に塩をまく。

「こ、こやつ！　じゃまだてしおって！」

ムカデ姫は袖《そで》で塩をふりはらうと、こんどはお兄さんになぎなたをふる。

「あ、あぶねぇ！」

お兄さんが悲鳴をあげてとびすさる。

「トモ、大丈夫《だいじょうぶ》か！」

金がさけぶ。金の緊迫《きんぱく》した声にラクダたちがいっせいにいなないて足ぶみしだした。

「トモ、トモ！」

母さんもさけんでいる。

「静《しず》まれ！　なんのさわぎじゃ！」

さっきのしゃがれた声がまたあたりをゆるがす。

僕《ぼく》たちはみんな、ムカデ姫まで凍《こお》りついたようにうごきを止めた。


弟橋の上に仙人《せんにん》のような長いひげのおじいさんが両《りょう》わきにあの女の子と男の子をしたがえてたっている。あの、あたりをゆるがすような声の主《ぬし》はこのおじいさんだったらしい。あの声がやせた小さな体からでたとはおもえなかった。

「川守《かわもり》、おまえさんの餌《えさ》じゃなさそうだ。お帰りねがおうかの」

おじいさんが川をにらんだ。

大なまずは、つまらなそうに大きな水しぶきをあげて川の底《そこ》へ姿《すがた》を消した。八巻川の川守はなまずだ。

「わしは中《なか》の橋《はし》の橋守《はしもり》じゃ。こっちが兄橋の橋守」

おじいさんが男の子をみる。男の子は、うんとうなずく。

「そして、これが弟橋の橋守じゃ。弟橋は三年前の台風で損傷《そんしょう》をうけてな。かけかえられたんじゃ。そのとき、外国の木材《もくざい》をつかった。橋守はその木の精《せい》で、まだ言葉がよくわからん。まさか、異界《いかい》のものがわたろうとするとはおもいもかけなかったようじゃ」

女の子は、しかられたとおもったのか、くちびるをとがらせている。

「サラは悪くありませぬ。無理《むり》にわたろうとしたこいつがいけない！　サラだって、ゆっくり時間をかけて話せばよくわかる」

兄橋が弟橋をかばう。

この三人は橋守たちだ。

「ごめん。母さんがつかまってるから、あせった」

僕《ぼく》は、弟橋のサラにあやまった。サラはまだふんとくちびるをとがらせたままだ。

兄橋がむこう岸にいる母さんへ目をやる。母さんは、はなせというようにじたばたあばれている。

「サラ、あやまってる。事情《じじょう》もありそうだ。ゆるしてやれ。なっ」

兄橋が、サラに僕《ぼく》と母さんを指さしてみせる。サラは、僕のいる岸と母さんのいる岸を見くらべていたが、やっとうんとうなずいてくれた。

これで、やっとやり直しだ。

「上杉智則といいます。日吉山へ行きたいんです。橋をわたらせてください」

あわててたちあがって頭をさげた。

「橋をわたる作法《さほう》は知っておるようじゃ。橋をわたるのは初《はじ》めてではないとみた。どの橋をわたってきたのかの？」

中の橋の橋守《はしもり》は、おもしろそうに僕をみた。

「矢板橋をわたりました」

「へえ。子守地蔵《こもりじぞう》がよく異界《いかい》のものをとおしたね」

兄橋は、ラクダたちへ目をやる。

そうか。あの橋守はお地蔵様だったのか。暗くてよくわからなかったけど、橋のたもとにお地蔵様がいるんだ。

「母さんをさがしているっていったら、わたらせてくれました」

「子守地蔵殿《どの》は、泣《な》きそうな子をだまってみていられんでな」

中の橋の橋守《はしもり》がそうかというようにうなずいた。

僕《ぼく》は泣《な》きだしそうだったかな？　母さんをさがして不安《ふあん》でたまらない気持ちを、あのお地蔵《じぞう》様《さま》は感じていたんだなってわかった。

「私《わたし》のキャラバンなんです。息子《むすこ》がかわりをしていたなんて知りませんでした。トモ、ごめんね。こわかったでしょ。おねがいです。息子をゆるしてください。お城《しろ》へ行くわけじゃありません。日吉山に行きたいんです。おねがいします」

むこう岸から母さんが涙《なみだ》ながらに声をはりあげた。

「親子で異界《いかい》の手先になるとは不届《ふとど》き千万《せんばん》！　成敗《せいばい》してくれるわ！」

ムカデ姫がなぎなたをふりあげる。

「キャー。やめて！　やめて！　トモ、トモ！　息子は助けてください。ムカデ姫様ですよね。子どもが母親にとってどれほど大事かよくごぞんじでしょう。私をかわりに成敗してください。息子は私のかわりをしただけです！」

母さんがすごいいきおいで川へバシャバシャふみこんだ。でも、鎧《よろい》武者《むしゃ》が母さんの縄《なわ》を引きもどす。

「ならぬ！　竹丸殿《たけまるどの》の城へやってなるものか！」

ふりあげられたなぎなたの刃《は》がギラリと光った。僕《ぼく》はもう気を失《うしな》いそうだ。

「悪いことするわけじゃないんだって。わかってくれ！」

お兄さんが塩《しお》をまいてくれるが、ムカデ姫は塩を袖《そで》でふりはらってふんばってたっている。

「ムカデ姫、ムカデ姫とな？　おお！　母上！　母上様でございまするか！　竹丸でございまする」

母さんを引きたてていた鎧武者《よろいむしゃ》がはっとしたように、母さんの縄《なわ》をはなして水ぎわまでかけよった。

「竹丸、竹丸殿《どの》かえ！」

ムカデ姫もなぎなたをこわきにかかえなおして、川の中へ何歩かふみだしている。

ムカデ姫と鎧武者は川をはさんで、みつめあった。

「母上。おひさしゅうございますな。三歳《さい》のみぎりお別《わか》れしたままで――」

鎧武者はぐずっと鼻をすすりあげた。

「竹丸殿、いや宗政《むねまさ》殿でございまするなぁ。ご立派《りっぱ》になられて。お目にかかることなどなかろうとあきらめておりもうした」

ムカデ姫の声も涙声《なみだごえ》だ。

ムカデ姫は、城《しろ》に残《のこ》した子のそばをはなれがたくて八巻に残ったんだ。三歳《さい》のころに別《わか》れたきりのその子が、この武将《ぶしょう》らしい。ずっと会えないままでいたんだ。こんなに近くにいたのに。お互《たが》いに誰《だれ》なのか今わかったんだ。

「宗政殿《どの》、曲者《くせもの》をとらえたのですな」

ムカデ姫が、よくやったというようにうなずく。母さんのことだ。

「このおなご、椿門《つばきもん》のあたりをうかがっておりもうした。拙者《せっしゃ》をみて逃《に》げかけましてな。この宗政から逃げられるはずがありますまい。このおなご、異界《いかい》のものでございまする。母上こそ、よう、こんな化け物どもをとらえましたなあ」

鎧武者《よろいむしゃ》は、さすが母上！　というようにほれぼれとムカデ姫をみる。化け物って僕《ぼく》？　そうかラクダだ。

城跡《しろあと》の石垣《いしがき》の上の広場にあんな銅像《どうぞう》があった。あのお城の殿様だ。

「なかなかしぶといやからじゃったが、この母が、城へは、入れませぬぞ」

ムカデ姫母子は、お互いに満足《まんぞく》そうにうなずきあう。

「お城をうかがってなんかいません。安全なルートをさがしていただけです。悪いことなんてしません。日吉山へ行かせてください。異世界のものっていっても大事な友だちなんです。そ

の友だちが困《こま》ってるんです。手助けしたいだけです」

母さんが悲鳴のような声でたのむ。

「とおしてやってください。オレも昔キャラバンを引いたことあります。悪いやつらじゃありません。本当にこの街《まち》をとおるだけなんです」

お兄さんもたのんでくれる。

「おねがいします。金を、卵《たまご》を日の出前に日吉山へとどけなきゃいけないんです。それだけです」

僕《ぼく》も声をはりあげた。

11 夜明け

「宗政殿《むねまさどの》、ムカデ姫殿《ひめ》。とおしてやったらどうじゃ。悪い親子にはみえん。母親のかわりをつとめようとするけなげな息子《むすこ》じゃ」

中《なか》の橋《はし》の橋守《はしもり》が、なあと弟橋《おとうとばし》と兄橋《あにばし》の橋守たちをみた。橋守たちはうんとうなずく。

ムカデ姫は、僕《ぼく》と母さんを見くらべる。

「母上。中の橋の橋守殿のいうとおりに」

宗政殿がそういってくれた。

「よかろう。おかげで宗政殿と会えましたものなぁ。こやつらを追うでもしないかぎり、わらわがここまでくるなどおもいもせんことじゃった。城跡《しろあと》をみることも、なにやらはばかられましてなぁ」

ムカデ姫がそっと涙《なみだ》をぬぐった。

「母上。また会えまする」

宗政殿《どの》がうなずいた。

サラが、いいよっというように、わきにどいた。あたりはだいぶ明るい、お日さまがそろそろ顔をだす。

「ありがと」

僕《ぼく》はラクダを引いて橋をかけだした。お兄さんも後を追ってくる。橋をわたりおえたら、母さんもそばを走ってた。

「トモ、ごめんね。こわかったよね。母さん、子どものころ、前殿《まえどの》たちしか友だちいなくて。前殿たちが友だちでいてくれたから、ほかのひとたちともなんとかつきあえるようになった。すごく大事な友だちなの。でも、トモまであぶないめにあわせるようじゃ、キャラバン引くのやめる。もうこりごりした。トモがころされちゃうかと私《わたし》のほうが生きたここちがしなかった」

母さんは青い顔をしている。

「うん。でもよかった母さん無事《ぶじ》で」

「こんなこわいめにあうなんておもわなかった」

母さんがつぶやくと、

「オレもおどろいた。こわかった。すごく。でも、あの世界が本当にあったんだって、うれしくて、わくわくして。ああ、なんていったらいいか――」

ラーメン屋のお兄さんは興奮《こうふん》して言葉がつづかない。

「でも私《わたし》、キャラバン引くの、やめる！」

母さんは大きくうなずいた。


お城《しろ》の石垣《いしがき》をみながら日吉山《ひよりやま》の石段《いしだん》をかけあがる。ラクダのスピードが落ちた。石段あがるのが大変《たいへん》そうだ。ラクダといっしょじゃまにあわない。

僕《ぼく》は金《きん》をかかえて石段をかけあがる。

「ラクダはオレが引いてく」

お兄さんがたづなをとった。

金をかかえて走るのは、でこぼこの石段なのでこわい。

「トモ、あと少しよ。がんばれ！」

母さんが苦しい息で後ろでさけんだ。

僕《ぼく》の太ももが重くなっておもうようにスピードがでない。石段《いしだん》のまわりは、うっそうとした木立《こだち》で薄暗《うすぐら》い。

展望台《てんぼうだい》がみえた。木立のむこうが明るくなりだしている。

「ごめん、金。まにあいそうもない」

息もたえだえであやまった。

「明るい！　光がわかる。トモ、投げろ。オレを投げてくれ！」

金が必死《ひっし》な声でいう。

まよっているひまはなかった。僕は金を投げた。精一杯《せいいっぱい》、力をふりしぼった。

金はとんでいった。空中に高くとんだ。

金は朝日をあびた。

金は宙《ちゅう》に止まった。光が金を優《やさ》しく包《つつ》みこんだ。金はその光をすいこんだようにまぶしく光りかがやく。

伝説《でんせつ》の卵《たまご》にひびが入った。頭がでた。かぎがたにまがったくちばし。するどい目。金色の鷲《わし》だ。肩《かた》がでて翼《つばさ》をはばたかせる。卵のからがとびちる。金は宙にとびだした。あれっ、しっ

ぽ？　足？　とんでるんだけど、後ろ足がある。ライオンみたいなしっぽもある。

「ああ、なんだ？　なんていうんだっけ？　グリフィンだ。グリフィンだぞ！」

ラクダを引いてきたお兄さんが、あんぐり口を開けてる。

石段《いしだん》をあがりおえた母さんも、

「まにあった！　よかった！」

と、大きな息をついて地面にすわりこんだ。

「トモ！　ありがと。前殿《どの》がよろこぶわ」

って、グリフィンをまぶしそうに見あげた。

「金！」

ってよんだら、

「名前、ありがとな！」

金の声がした。

おぼえているのはそこまでだ。なんか疲《つか》れた。ほっとした。

気がついたら、自分の部屋のベッドでねていた。ぼんやりした頭で起きあがる。

なんだか、大変《たいへん》なことがあった。こわい夢《ゆめ》をみていたような――。いや、夢じゃなかった。お地蔵様《じぞうさま》に母さんに会えたっていいに行かなきゃ。公園の遊具たちやアーケードのお稲荷《いなり》さんへだってお礼に行くんだ。みつ先生たちにも話しに行こう。こわいだけじゃなかったかな？でも、こわかった。ムカデ姫や八巻川《やまきがわ》の川守《かわもり》をおもいだして頭をぶるっとふった。でも、あんなことはもう起きないって母さんが約束《やくそく》した。母さんは、キャラバンを引くのをやめるっていったんだ。もうあんな目にあうことはない。でも、金はどうなったのかなぁ。金には、もう一度会いたいなぁ。グリフィンが卵《たまご》から生まれたんだ。やっぱり夢だったのかなぁ。

時計が目に入った。十一時をすぎてる。今日は木曜日だ。学校！

僕《ぼく》はあわてて階段《かいだん》をかけおりた。キャラバンのことも金のことも、ふっとんでた。

「母さん。学校どうしよう。遅刻《ちこく》だ！」

居間《いま》にとびこんだ。

「お休みさせますって連絡《れんらく》しといた」

母さんの声がした。

「よっ」

台所からラーメンのにおいがする。お兄さんが台所にたってる。

って、お玉をふりまわす。

「トモも食うよな」

僕《ぼく》の母さんって、あきらめが悪いっていうか、自分のたいせつなものは絶対《ぜったい》手ばなさないっていうか、なんていえばいいんだ。そうだ、しぶといんだってわかった。母さんは、キャラバンを引くのをやめるっていっただけだ。

ダイニングのテーブルで母さんと前殿《どの》がラーメンをすすっていた。

「そろそろ金と月《つき》殿もきますぞ」

前殿が大きな前歯をみせてニッとわらった。

柏葉　幸子　かしわば さちこ
1953年、岩手県生まれ。東北薬科大学卒業。『霧のむこうのふしぎな町』（講談社）で第15回講談社児童文学新人賞、第9回日本児童文学者協会新人賞を受賞。『ミラクル・ファミリー』（講談社）で第45回産経児童出版文化賞フジテレビ賞を受賞。『牡丹さんの不思議な毎日』（あかね書房）で第54回産経児童出版文化賞大賞を受賞。『つづきの図書館』（講談社）で第59回小学館児童出版文化賞を受賞。『岬のマヨイガ』（講談社）で第54回野間児童文芸賞受賞。ほかの著書に、『竜が呼んだ娘』（朝日学生新聞社）、『モンスター・ホテルでオリンピック』（小峰書店）、『あんみんガッパのパジャマやさん』（小学館）など。

装幀　**坂川栄治＋鳴田小夜子（坂川事務所）**

講談社❖文学の扉

ぼくと母《かあ》さんのキャラバン

2020年 4 月21日　第 1 刷発行

著者　柏葉幸子《かしわばさちこ》

絵　泉《いずみ》 雅史《まさし》

発行者　渡瀬昌彦

発行所　株式会社講談社
〒112-8001　東京都文京区音羽2-12-21
電話　編集　03-5395-3535
販売　03-5395-3625
業務　03-5395-3615

印刷所　共同印刷株式会社

製本所　島田製本株式会社

本文データ制作　講談社デジタル製作

N.D.C.913　158p　22cm
ISBN978-4-06-518615-2